TRISTÍSIMA

CARLOS FILIBERTO CUÉLLAR

TRISTÍSIMA

deauno.com

Cuellar Dávila, Carlos Filiberto
   Tristísima. - 1a ed. - Buenos Aires : Deauno.com, 2008.
   144 p. ; 21x15 cm.

   ISBN 978-987-1462-67-4

   1. Narrativa Mexicana. 2. Novela. I. Título
   CDD M863

© 2008, Carlos Filiberto Cuéllar
© 2008, deauno.com (de Elaleph.com S.R.L.)

Primera edición

ISBN: 978-987-1462-67-4

Hecho el depósito que marca la Ley 11.723
Impreso en el mes de junio de 2008 en
Docuprint S.A., Rivadavia 701,
Buenos Aires, Argentina.

A mi hermano Rodolfo
y mi amigo Manuel Moreno

A Velasco Piña y Anita Trujillo

Prólogo

"Tristísima" de Carlos Filiberto Cuéllar Dávila es una obra en extremo original y sorprendente. Su lectura nos lleva de asombro en asombro, sin lograr nunca poder presagiar el rumbo que tomarán siempre cauces del todo inesperados, lo cual otorga al relato un interés que se mantiene desde la primera hasta la última página del libro.

El mundo que en esta obra se describe es el de la adolescencia, etapa crítica y determinante en toda existencia, pero que una vez trascendida tiende a ser olvidada e incomprendida, repitiéndose así, una y otra vez, la tragedia de la incomunicación generacional. No es el caso de Carlos Filiberto quien posee evidentemente la rara capacidad de poder entender a cabalidad la variada gama de componentes que integran la compleja psicología de los adolescentes: rebeldía frente a toda clase de autoridad, incertidumbre ante el porvenir, cíclicos períodos de incontrolables depresiones y de esperanzador optimismo, despertar del sentimiento amoroso y de la energía sexual.

Por todo lo anterior el presente libro será sin duda de gran utilidad para psicólogos, maestros y padres de familia, pero independientemente de ello, lo característicos de esta obra es su calidad literaria como novela bien estructurada y de muy depurado estilo.

Con *"Tristísima"*, obra que a juzgar por el resultado en ella alcanzado, estamos ciertos que de seguir por este camino, el autor está llamado a ocupar un lugar importante en el mundo de las letras.

Antonio Velasco Piña

Primera parte:

DOMESTICACIÓN

El zorro se calló y miró un buen rato al principito:
-Por favor ... domestícame –le dijo.
-Bien, quisiera –le respondió el principito- pero no
tengo mucho tiempo. He de buscar amigos y conocer
muchas cosas.
-Sólo se conocen bien las cosas que se domestican –dijo
el zorro. Los hombres ya no tienen tiempo de conocer
nada. Lo compran todo hecho en las tiendas. Y como no
hay tiendas donde vendan amigos, los hombres no tienen
ya amigos. ¡Si quieres un amigo, domestícame!
-¿Qué debo hacer? –Preguntó el principito.
-Debes tener mucha paciencia– respondió el zorro. Te
sentarás al principio un poco lejos de mí, así, en el suelo;
yo te miraré con el rabillo del ojo y tú no me dirás nada.
El lenguaje es fuente de malos entendidos. Pero cada
día podrás sentarte un poco más cerca [...]

(SAINT-EXUPÉRY -El Principito)

1

"GATITOS, preciosos, adopte uno, se lo regalo y llevamos a domicilio..."

Y la palabra GATITOS está escrita con letras mayúsculas en el periódico, en la sección del aviso de ocasión clasificado, donde se venden y regalan desde coches, incubadoras, ventiladores, hasta animales y servicios de personas. Escribieron *GATITOS* en mayúsculas, con la terminación *ITOS* que es un diminutivo, chiquito, para que la gente con tan sólo leerla se enamore de la idea de tener un minino de apenas unas semanas de nacido, ronroneándole adormilado sobre la palma de la mano. Diciéndole en un lenguaje que los gatos han inventado exclusivamente para las personas, algo que si se pudiera traducir al idioma del humano diría una cosa parecida a: "¡qué bien que me adoptaste!, tú me agradas, me voy a quedar contigo, ahora soy tu gatito". Y después no habría forma de deshacerse de él. Habría un lazo inquebrantable entre el gato y su nuevo amo.

Rafael está recostado panza para abajo sobre su cama. Son como las cinco de la tarde en domingo. Mira en el periódico el aviso de ocasión igual que cada semana y más o menos a la misma hora, porque en ese horario no hay otra cosa interesante qué hacer, y porque todos los canales de televisión tienen el firme propósito de aburrir a los muchachos los fines de semana. La mayor parte de los programas y las películas que pudieran resultarle interesantes, los pasan de lunes a viernes y en horario de las once de la noche en adelante. Rafael no podría verlos, en primer lugar porque no le dan permiso, y en segunda porque el sueño le gana la carrera y lo rebasa desde las diez, ya que cada día se tiene que levantar temprano para ir a la secundaria. Aunque esto no quiere decir que más de alguna vez no haya intentado mantener los párpados abiertos, deseando sujetarlos a las cejas, como Alex el de *La Naranja Mecánica* en la película de Stanley Kubrick, con el firme propósito de ver alguna película para adultos, o un concierto de música vieja o contemporánea de los que le gustan. Sus calcetines, saliéndosele a la mitad del pié dan muestra con lo percudido de sus plantas, de un gusto por andar siempre descalzo. La playera con manchas de salsa en la panza y rastros amarillos del huevo del desayuno, es un muestrario del menú del día en su casa. Rafael estira su cuerpo como el de una culebra, siente el escalofrío desde sus pies hasta su espalda semidesnuda, porque su playera multicolor se ha recorrido con el estiramiento. Levanta la cabeza para ver mejor el periódico: "GATITOS…adopte uno…".

Rafael sale de su cuarto, evitando tropezar con un grupo de zapatos guerrilleros desperdigados en su habitación. Mira al asomarse por entre el marco de la puerta que su mamá no ande por ahí. Pero la mamá está dormida, ha tenido mucho trabajo en la casa. Se escurre con los pies de puntas. Sus calcetines reptan: lagartos silenciosos, animales rastreros. Rafael toma el teléfono: 555333100. Un sonido repetitivo de varios tonos se sucede rítmicamente, está marcando. Se oye que su mamá lo llama:

"¡Rafael!, ¿estás hablando por teléfono…?"

Rafael pensaba que la mamá dormía. No hace caso, le responde con una frase sin sentido, estrategia que le ha servido cuando no quiere dar explicaciones, y como su mamá está tan cansada no insistirá en que Rafa le repita lo que dijo, él lo sabe. El teléfono sigue marcando. Ya se están tardando. Su corazón latiendo al mismo ritmo que el tono de la marcación. Por fin, una voz, es la de una señorita:

"¿Bueno, quién habla?"

Rafael no sabe qué contestar, siempre se pone nervioso cuando no conoce a la gente:

"Disculpe señorita, ¿es ahí donde regalan gatitos…?"

"¿Sí, aquí es, quiere usted adoptar un gatito?, tenemos unos de un mes y medio de nacidos, muy bonitos".

Rafa se detiene cinco segundos, medita lo que va a decir y lo que escucha, y vuelve a preguntar.

"Disculpe señorita, ¿de qué raza son?".

La voz de la señorita se altera un poco ante la pregunta de Rafa, quizás ingenua, quizás hasta insolente sin darse cuenta.

"¿Raza?, ¡pues de la raza de los gatos, de cuál iba a ser...! "

Cuando la señorita dice esto último un tanto exaltada, Rafael se cohíbe un poco, piensa que la ha hecho enojar con su pregunta, pero a él le interesa que tengan alguna raza estos gatos, un nombre, el que sea. Al mismo tiempo en su nerviosismo, se da cuenta que esta señorita es más joven de lo que por un instante logró imaginar a partir de ese tono de voz.

"Bueno... -vuelve a decir ella un poco más amable que al principio-, son gatos americanos".

Rafa se tranquiliza con sólo escuchar "gatos americanos", es lo que quería escuchar, sólo un nombre para saber que estos animales que le interesan no están perdidos en la confusa masa de los animales mestizos. Ya tienen algo que los hace distintos a todos los demás, son gatos americanos. Suficiente para continuar su exploración.

"¿De qué color son?"

La señorita, cada vez más dispuesta le responde:

"Tenemos uno amarillo, es gato; dos blancos, son gatitas y uno negro..."

"¿Negro...?" –se sorprende Rafael.

"Desde luego, ¿no pensara usted como la mayoría de la gente, que los gatos negros son de mala suerte, verdad?"

"No, no, para nada".

La señorita continúa hablándole de usted, es casi seguro de que aunque la voz de Rafa ya está algo engrosada, señal de un incipiente comienzo de la pubertad, ella ha adivinado que es apenas un muchacho este preguntón.

"¿Puede venir a verlos hasta acá?"

Le pregunta ella, intuyendo también que Rafa va a decir que no puede.

"¿Por dónde vive usted?"

Pregunta todavía un tanto tímido Rafael.

"Es en la calle Abedul, detrás de las fábricas…".

"Huy… me queda muy lejos".

Rafael sabe que su mamá no lo dejaría atravesar media ciudad, hasta una zona poco frecuentada por los niños de su colonia para ver unos gatos que además a ella le resultan indeseables.

"No, disculpe, es que está muy lejos de mi casa…"

Agrega Rafa ahora en un tono muy bajo.

"No te preocupes, yo puedo llevártelos a tu casa, o nos podemos ver en algún lugar, yo puedo ir a cualquier lado". -le dice ella como presumiéndole y haciendo más evidentes las limitaciones de territorio de Rafael.

"No mejor no…"

Responde triste Rafa.

"¿Porqué no?, te van a encantar…"

Ahora ella le habla repentinamente de Tú. Con esto logra entusiasmarlo un poco. Rafael ya no puede echarse para atrás, no sabe si a lo que está accediendo es al gato o a la muchacha.

"Bueno, ¿en dónde la puedo ver señorita?"

"¿Qué te parece en el Parque de La Madre, ¿lo conoces?, es el que tiene la estatua de una señora con un bebé y un templo enfrente, un parque común y corriente."

"Sí, ahí sí puedo ir…"

"¿Y de qué color quieres al gato, te gustaría una gatita blanca…?"

"¡No, el negro, el negro…!"

"¡Una excelente decisión!".

Dice ella en un tono mucho más cordial y bastante entusiasmada.

Aunque le cueste trabajo a alguien creerlo, no es fácil encontrar hogar para un gatito por más bonito que sea, ni acomodo con alguien dispuesto a quererlo.

"Muy bien –agrega ella- te veo ahí en una hora."

Y el corazón de Rafael es un carrusel de caballos que se han rebelado contra el mástil que los tiene prisioneros. No sabe si lo que le da miedo es tener que enfrentar a su mamá con una mascota nueva, y luchar por convencerla para que no eche a la calle a este animal cuando llegué con él a la casa, o si sea el mismo gato negro el que lo pone nervioso, o la voz impositiva y linda de la señorita de los gatos.

Y los caballos logran escapar de su carrusel. El corazón de Rafael entra en una desesperada carrera, es una rueda de la fortuna sin control.

2

Otra cosa muy distinta es tener que tomar el metro. Subir al gusano de seda eléctrico, en uno de sus vagones y buscar asiento cerca de la ventana para ir mirando cómo las casas van cambiando conforme el tren deja una colonia y otra, y un barrio y otro atrás hasta llegar a su destino. El gusano barrenador que luego penetra en su eterno túnel, donde se tiene que estar muy atento porque todas las estaciones se parecen, y de un momento a otro es posible haber pasado de largo el lugar donde uno se iba a bajar. La lombriz de queso donde abordan miles de familias y personajes a los que resulta fascinante observar.

Pero Rafael todavía es muy joven para reflexionar acerca de la condición humana. A lo más que alcanza es a temer de los individuos más extraños que se les quedan viendo a los niños. Hay quien sabe que es posible mirar a un niño hasta intimidarlo. Un niño no contestará fácilmente una agresión. Si pudiéramos conjuntar todos los sentimientos de impotencia y de abuso de los niños, tendríamos como para una revolución.

Rafael cuando siente la mirada de un extraño en la calle o en el metro, prefiere voltear la suya para otro lado, hasta que el extraño baja en alguna estación, o él llega a la suya y se hace el escurridizo entre la gente hasta desaparecer. Se ha llevado unos buenos sustos porque para muchas personas adultas es muy fácil querer asustar o hacer algo a los chicos, sobre todo si son desconocidos.

Pasa de largo la estación donde se baja todos los días a las siete de la mañana para ir a la secundaria. Donde se ha quedado de ver con la señorita de los gatos todavía está a cinco estaciones más, son como veinte minutos de aquí a allá. No era tan cerca como lo previó desde su casa cuando hablo con ella por teléfono.

En una de las estaciones se sube al metro una anciana con una jaula destartalada. Lleva un gorrión sin cola que parece enloquecido dentro de su patética prisión. El animalito se agita como no pudiendo creer que se encuentra en las entrañas de un anélido de metal, desquiciado ante la idea de ser devorado por un gusano omnívoro gigante. Rafael se pierde observándolo, hasta que el ave queda hipnotizada con el reflejo rítmico de las luces del túnel por el que el metro va atravesando. De seguro así, casi hipnótica e involuntariamente, todos nos vamos resignando a cualquier sufrimiento, hasta que nos acostumbramos a la misma muerte. Esto aunque no se lo crea nadie, sí lo va reflexionando Rafael, que apenas tiene trece años.

La estación del Parque de La Madre está ubicada en un parquecillo tan antiguo como la fundación de su ciudad. En el centro está colocada una estatua de una mujer amamantando a su pequeño hijo, de cuyo pecho brota una fuente de agua que nunca para de fluir. La estatua es tan vieja como el parque, los árboles que la rodean y el templo que se construyo al frente de La Madre, al mismo tiempo que ella. En ese templo se casaron sus abuelos hace como setenta años.

Hace dos estaciones que Rafael traspasó el límite de la ciudad hasta donde lo dejan ir sus papás. Siente un gran alboroto en sus entrañas, una mezcla de miedo y expectativa, pocas veces se atrevió a desobedecerlos. Pero la idea de tener un gatito vale todo el esfuerzo. Por su mente pasa la idea de cruzar una frontera hacia un país nuevo, traspasar la órbita de su planeta natal, haber sido lanzado hacia un universo caótico y contradictorio sin rumbo.

3

"¿Está usted segura señorita de que este gato es un gato americano?".

"Desde luego, en realidad el nombre completo es pelicorto americano."

Rafael se tranquiliza, igual daría que fuera un gato australiano, chino o marciano. Lo importante es que tuviera una raza, la que fuera, para poder nombrarlo. Aunque en realidad se denomina pelicorto americano al gato común y corriente que ronda por cualquier casa y maúlla toda la noche hasta quitar el sueño. No daría nadie al verlo, ni un centavo por un gatito así.

Efectivamente la señorita de los gatos no es grande de edad como logró Rafael darse cuenta en el teléfono, apenas quince años a lo mucho, casi una niña como él. Lleva un vestido de tela que se le ve muy bonito y cómodo, casi hasta los tobillos, un morral de lona bastante lleno de quién sabe qué curiosidades, y una caja de zapatos bajo el brazo. Se sientan en una de las bancas del parque, delante de la estatua de la madre, a la que Rafael hacia muchos años vino a ver acompañado de sus padres.

La madre es una masa de roca con senos generosos que amamantan a su hijo con el agua de la fuente a la que las palomas van a beber. Una piedra bruta de donde nació el mundo y hacia donde volverá irremediablemente. Una enorme negación de donde provino la primera afirmación de la vida.

La señorita abre la caja de zapatos y Sebastián está allí. Sus ojos verdes miran con desconfianza a Rafael, apenas mide una palma de largo y algunos centímetros de altura este gato. Negro como ceniza, pequeño como colilla de cigarro.

"Está muy bonito- dice Rafael-, me lo llevo, ¿cuánto le debo?".

"No, no…, te dije que te lo iba a regalar, en el anuncio decía claramente que los regalo…"

"Bueno –añade Rafael-, tendrá que mostrarme lo que come este gato, porqué yo no sé todavía alimentar a un gato…"

"Antes que nada, antes que la alimentación, lo que un gato necesita es un nombre, ¿cómo le vas a llamar?"

"¡Sebastián…!" –dice Rafael, y el gato parece responder ya a ese nombre con su mirada.

"¿No es un nombre muy serio para un gato?"

"Bueno, yo no sé si un nombre puede ser serio, pero me gusta, ¿pueden ser serios los nombres?"

"Está bien –responde resignada la señorita- ponle como tú quieras, pero me suena como a nombre de artista del renacimiento italiano."

"¿Hubo alguno que se llamara así, no lo sabía…?"

"¡Ay…olvídalo…! pero sí te pido un favor, ya no me hables de usted, no soy tu maestra…"

"Como quiera…"

"¿Perdón…, que te pedí?"

"Bueno, como quieras…" Dice Rafael haciendo énfasis en esa última "ese" S de "quieras" que se refiere al tu.

Sebastián es elevado desde la caja de zapatos por la mano de Rafael. Sus ojos verdes lo miran primero con suma desconfianza. Hacen falta sólo tres segundos para que el gato se acomode en la palma de Rafael como si estuviera hecho para ella. Se enrosca como si fuera una pequeña dona de pelo y empieza a ronronear. Comenzamos a traducir aquel ronroneo, aquel conjunto de vibraciones rítmicas, casi una música plana e hipnótica:

"Soy tu gatito, me agradas, ahora tendrás que llevarme a tu casa…"

Rafael piensa en su mamá y comienza a angustiarse, ahora le espera un buen *round* verbal con ella para convencerla de que no le obligue a salir a tirar a la calle a Sebastián.

"Tienes mi teléfono –le dice la señorita-, me llamo Agueda, por ahora dale de comer leche con pedacitos de pan, pero si tienes más dudas acerca de cómo cuidarlo, llámame".

Pero Rafael no responde, planificando la batalla verbal que librara contra su mamá dentro de media hora para que lo deje tener a Sebastián.. Sus ojos se alejan del parque de la Madre hacia la avenida organizando en su cabeza los soldados de sus palabras para convencer a su oponente y quedarse con el gato.

"Lo tienes que cuidar muy bien eh…"
Agrega Agueda.

"Sí…" Dice Rafael un tanto pensativo todavía.

4

Y otra situación muy distinta es la de David, el perro. Puesto que se sabe que en todo, hasta en la personalidad, los gatos son muy distintos a los perros, no siendo mejor ni uno ni otro. Rafael tiene que ir a la tienda a comprar leche para su mamá, en una mano lleva los envases de vidrio para la leche en la bolsa, en la otra, a un gato, Sebastián, ya de unos cuatro meses de edad, abrazado. No hace falta esforzarse para saber que Rafael ganó el pleito a su mamá y consiguió desde hace poco más de dos meses, que Sebastián se quedara en la casa, bajo la consigna de ser el responsable absoluto de la caca y la pipí que pudiera sembrar cual explosiva mina en campo de guerra, el amado gato negro.

En la tienda, está depositando los envases ya llenos de leche en su bolsa, con Sebastián por un lado y la leche y el dinero para pagar por el otro, cuando siente un hocico húmedo y cálido tocarle la pantorrilla bajo el *short*. Sebastián reacciona asustado estirándose como liga e intentando refugiarse en el sobaco de Rafael. Rafa voltea y ahí está David tras de él. Al igual que Sebastián, pareciera como si el animal lo hubiera escogido a él, y no al revés.

"¡Usha perro……largo de aquí…!"

Grita la tendera y David, perro largo, de patas altas como zancos y flaco, casi desnutrido, sale corriendo, bastante familiarizado con las expresiones de desprecio de los humanos.

Rafael no le da en ese momento la menor importancia. Después de pagar el encargo de su mamá sale de la tienda y David ya no está. Rafael ni siquiera piensa en él aún. Cruza la avenida con Sebastián en el brazo, se fija con sumo cuidado en el color rojo del semáforo, que indica que los peatones pueden pasar y los carros están obligados a detenerse. Llega al otro lado de la calle en el extremo donde él vive con sus papás y su gato, cuando en el otro lado, desde dónde ellos venían de la tienda hace un momento, está nuevamente David.

David los mira desesperado, como queriéndoles decir algo con sus ojitos pequeños y color miel, desde aquellos cuatro largos zancos que son sus patas. Un perro café, grande y flaco, sin nombre todavía y sin nombre alguno para los de su raza, más que corrientes o mestizos si se les quiere llamar con respeto por lo menos. Algo detiene a Rafael: el temor de que David quiera cruzarse cuando el semáforo ya se ha puesto en verde y pueda ser aplastado por un camión. David parece querer correr hacia Rafael y Sebastián, parece querer gritarles algo en el lenguaje de la mirada de los perros.

"¡Ay pinche perro… -dice lastimoso Rafael- no te vayas a cruzar no seas menso…!"

Sebastián no dice nada ni tampoco parece sentir nada, sólo se acurruca bajo el brazo de su amo, con un poco de urgencia a lo mucho por llegar a la casa donde está su trapo predilecto para recostarse.

David se orilla hacia la esquina de la calle, su cola larga y delgada está oculta entre sus patas traseras. Unas personas llegan también para querer cruzar cerca del perro David. Todos esperan que se detenga el tráfico nuevamente bajo la luz roja. Pareciera que David también sabe interpretar que la luz roja es la señal para poder pasar, humanos y perros. Pero no, en lo que David se fija, la señal para que él pueda cruzar también, son los pies de los humanos que avanzan sobre la calle para atravesar. En realidad, los perros han aprendido a cruzar las avenidas más peligrosas de nuestras inmensas ciudades a partir de seguirnos el paso: cuando se detienen los peatones, ellos saben que no hay que pasar porque es muerte segura bajo un coche, pero cuando los zapatos de la gente avanzan, los perros saben que también ellos pueden pasar bajo la sombra de las personas. A veces, es bien sabido, que muchos perros callejeros y de casa se saben cuidar mejor en la calle que la misma gente. Lo han aprendido y es probable que éste aprendizaje forme parte ya de aquello que heredan como legado los perros que por generaciones incontables han nacido en la ciudad desde hace ya muchos años.

David corre hacia Rafa agitando su larga cola café igual que todo él.

"Ay, bueno, que bien que sí pudiste pasar, ¡Ahora ya vete a tu casa!"

Le dice Rafa a este perro. Pero David sólo lo mira con sumo interés desde sus ojillos color miel, ladeando su cabeza y abriendo levemente el hocico. Pues no tiene casa. Rafael comienza a caminar con su gato, y al instante ya siente los pasos de David sobre él.

"Te dije que te fueras —le dice no en tono muy fuerte-, usha, usha —para tratar de alejarlo-."

Pero David sólo ladea su cabeza, con mucho interés sobre este niño y vuelve a caminar tras de él.

Nuevamente, si tratamos de analizar los gestos y las miradas sumamente expresivas de los perros, casi humanas, antropomor-fas, como dicen los zoosemiólogos, quienes son los especialistas que supuestamente saben de esto, se podría interpretar lo que este animal quiere decir:

"¿Quién es este niño?, ¿qué lleva en esta bolsa, acaso comida?, este niño me gusta para amo, lo voy a seguir para quedarme con él…. Me voy a quedar con él de hecho."

Y Ya no habrá remedio alguno más que lanzar una piedra al pegajoso animal, o patearlo para darle a entender, explícitamente, que no es bienvenido. Pero Rafael no hará esto.

5

Todavía, un problema adicional es la admisión del perro. Una cosa es un gatito de algunos meses, pequeño y ronroneador. Sebastián se ganó el gusto de la mamá de Rafa tan sólo con sus diminutos maullidos, como tintineos de una delicada campana. Bastó con que Rafael extendiera su palma donde reposaba Sebastián, mostrando aquella peluda campanita negra de ojos inteligentes, y la mamá no se pudo resistir a tomarla y sentir la música delicada de maullidos y ronroneos:

"¿Ya lo ves? –Diría Sebastián- tampoco tú pudiste resistirte, ahora también soy tu gatito".

Pero otra cosa era un perro grande, y además mestizo, es decir, sin ningún nombre para llamarlo a él y a los de su raza, mas que corriente, perro cochino, cuando mucho.

"¡Te me llevas ese perro de aquí, no quiero más animales!":

David se queda con las patas y la mirada detenidas en la puerta de Rafael. Parece entender que la discusión entre el niño y su madre es concerniente a él.

"¡Por favor mamá, no ha hecho nada, es bueno, no está enfermo, ¿se puede quedar?, mira qué bonito es."

Pero verdaderamente Rafael es como el nazareno Jesús en aquella historia de Tolstói, donde sólo el joven mecías es capaz de ver la belleza de un perro corriente y sin dueño. Porque a la mamá le resulta horrendo, y se refiere a David como si hablara de un delincuente, un pendenciero al que fuera a admitir en su casa.

"¡Que se quede por favor mamá!, puede vivir en la entrada."

Y la mamá piensa cuando escucha esto, que no tardaría ni una semana en encontrar a los tres, perro, gato y niño, recostados en

los sillones de tapiz italiano de su preciada sala de estar, acurru-
cados y mirando tele.

"¡Que no, y es la última palabra!"

Los ojos de David, tristes, parecen entender que el niño ha
perdido por ahora la discusión, pero no se resigna.

6

Era un perro muerto, atado al cuello por la cuerda que había servido para arrastrarle por el lodo. Jamás cosa más vil, más repugnante, más impura se había ofrecido a los ojos de los hombres...
-Habrá sido ahorcado por ladrón...

(LEÓN TOLSTOI – El perro muerto)

Pasan los días. Rafael sale diariamente sin que se percate su mamá, y obsequia al perro un traste con leche y algún que otro hueso, pan o tortilla. David mucho menos se alejará ahora de su nueva casa.

Es cuestión de pocos días: una de esas mañanas en las que David diariamente acompaña a Rafael a la estación del metro para ir a la escuela, y luego regresa a la casa donde todavía no es bien recibido, se encuentra a la mamá de su amo barriendo la calle.

"¡Largo de aquí perro callejero...!"

La mamá agita la escoba, David sólo eleva las orejas lobeznas, y abre sus ojos grandes y amielados. Se aleja dos pasos, tres, se echa bajo un auto.

La mamá sigue barriendo mal humorada. Luego se escuchan otros pasos extraños, es un hombre desconocido que se acerca:

"Señorita, unas monedas por favor..."

Dice el extraño, pero acercándose más de lo permitido de un encuentro con un desconocido en esta sociedad.

"No, no tengo dinero señor..." Responde la mamá de Rafa un tanto desconfiada.

Pero muchos hombres pretenden que es fácil, como a los niños, intimidar a una mujer sola. Se acerca más, la mamá se aleja notablemente atemorizada. El extraño percibe este temor y se ensaña más acercando su mano y sonriendo hacia ella.

Cosa de segundos: David sale de abajo del coche desde donde vigilaba, con ladridos enloquecidos como metralletas, arroja su hocico como un machete atroz y enorme de pequeños puñales, acompañado de sus ladridos. El extraño palidece, tiembla y cruza rápidamente hacia el otro lado de la calle y desaparece seguido por los ladridos de David al dar vuelta la esquina. La mamá se tranquiliza con su guardián que mueve ahora la cola junto a ella.

Todavía David alcanza a lanzar algunos últimos ladridos agudos contra el extraño:

"¡Órale desgraciado, abusivo, y no vuelvas!"

Ese mismo día es el anuncio de la entrada permanente de David a la casa. La mamá cuenta a su esposo y padrastro de Rafael el incidente:

"Ese perro merece un premio…." Dice el señor.

Y ese mediodía ella sale a servirle al héroe un enorme plato con huesos, caldo y verduras.

"Te llamarás David… –le dice al perro mientras éste devora ansioso su caldo-. Porque defendiste tu reino y tu casa como el rey David."

A partir de entonces David acompañará a Rafael todos los días hasta la estación del metro hacia la escuela, y regresará rápidamente para cuidar de la mamá.

Y también se le podrá ver dormido desde entonces en la sala de estar junto a Sebastián.

7

El verdadero papá de Rafael se fue a Estados Unidos cuando tenía dos años y nunca regresó, aunque tampoco estuvo jamás casado con su mamá. En realidad vivió muy poco tiempo con ellos. Al año y medio de edad de Rafael el señor se fue de su lado, al parecer no tenía ningún interés en una joven esposa y un niño. Seis meses más tarde les dijeron que se marchó a los Estados Unidos de América.

Su mamá trabajó como maestra de inglés y español en un colegio. Fueron seis años de limitaciones económicas ante un humillante sueldo de profesora, años difíciles pero felices para Rafael. Tenía a su mamá para él solo, y se dormía junto a ella todos los días, acurrucado por su voz musical que repetía algún cuento infantil, hasta que Rafael caía en la absoluta inconsciencia del sueño.

Cuando tenía siete años su mamá llevo a la casa a un maestro del colegio a quien conoció. Tomás, como Santo Tomás de Aquino, pero no célibe como el beato, o tan no célibe como aquel. Era administrador y matemático, más joven que la mamá de Rafael pero muy buena gente. Apenas recién terminaba su segunda licenciatura, matemáticas, y no pudo hasta entonces encontrar otro trabajo, más que algunas clases de álgebra en el colegio donde también trabajaba Beatriz, la mamá de Rafa.

Rafael y Tomás no tardaron en entablar un fértil diálogo. Tomás le explicó todos los pormenores de *Alicia en el país de las maravillas* de Lewis Caroll, y de la vida de este lógico, matemático, escritor y fotógrafo. Tomás le mostró un álbum editado con toda la colección de fotografías tomadas por Caroll hace casi cien años; las modelos de los retratos eran niñas hermosamente retratadas. Y fueron tomadas por el singular artista, con tal cuidado y sutileza, que parecía que el ojo de la cámara quedó seducido y embelezado por aquellas modelos incluso más jóvenes que Rafael.

"Yo creo que estaba enamorado de ellas….." -Le dijo Tomás.

"¿Pero era un señor no? ¿Cómo puede enamorarse un señor ya grande de unas niñas?"

Preguntó Rafael imaginando que Lewis Caroll era un ser demasiado desconcertante, algo así como Humpty Dumpty.

"Hay formas de amor en las que no se enamora alguien del objeto real de su deseo, sino simplemente de una imagen, estas son puras imágenes, con eso le bastaba a este artista".

Pero Rafael todavía no alcanzaba a entender del todo lo que quería decirle Tomás.

Luego el matemático se caso con su mamá. Al parecer Tomás ni era beato como Santo Tomás, ni mucho menos se conformaba tan sólo con las puras imágenes deseadas como Lewis Caroll.

Rafael temía que su mamá ya no fuera sólo para él, como hasta ahora fueron los dos, el uno para el otro. A cambio encontró un padrastro que le regalo una edición crítica e ilustrada de *Alicia en el país de las maravillas*, y horas interminables de pláticas con él acerca de ésta y muchas otras historias.

El año en que llegaron Sebastián y David, culminaba el séptimo de la llegada de Tomás y el catorceavo del nacimiento de Rafael. Su mamá floreció en todo ese tiempo como ave del paraíso desde que estaba Tomas, y el matemático se esforzó con ella y con el niño, a tal grado que Rafael comenzó a extrañarlo cuando regresaba tarde a su casa o tenía que salir fuera de la ciudad por el trabajo. Tomás empezó a dar cursos por su cuenta a empresas y a crear modelos administrativos acorde con cada negocio que se lo solicitaba. La situación de todos mejoró, económica y emocionalmente.

Rafael celebró su decimocuarto cumpleaños acompañado de su mamá Beatriz, Tomás su padrastro, David y Sebastián, y dos Amigos: Plinio y Abdul de quien se hablará a continuación.

8

Al igual que parecía que sus animales lo escogían a él para ser sus mascotas, los amigos solían elegir también a Rafael y ahorrarle el trabajo de tener que buscarlos a ellos. Lo que no quiere decir que Rafael no se esforzara y no cuidara de sus seres amados.

Aunque podía ser tímido, principalmente con las niñas, o cuando no conocía todavía bien a la gente, Rafael tenía un cierto encanto para las personas y los animales, tal como hemos podido comprobar. Sobre todo lo que atraía a otros niños, era el ingenio de Rafa para platicar durante horas que transcurrían dinámicas e interesantes, hablando de mil historias que escuchó y memorizó, o que él mismo inventaba, acerca de la vida de animales ficticios que sufrían una y un millón de aventuras, o de personajes históricos de quienes Rafael narraba sus vidas. Coloreando desde luego, aquellas narraciones con sutiles exageraciones y mentiras que daban un sabor encantador a quienes le escuchaban.

En la escuela los profesores, en medio de alguna clase de historia o de matemáticas, pedían a Rafael que ampliara detalladamente los datos biográficos de algún científico o personaje histórico. Todos los compañeros esperaban sus intervenciones que rompían con la monotonía habitual de los cursos escolares. Entonces Rafael empezaba a hablar de aquellos cristales con los que Arquímedes quemo las velas de unos barcos romanos, del libro perdido de las profecías de Merlín el Mago, de los incontables viajes de Pitágoras, de Ricardo Corazón de León quien sufrió un ataque de apendicitis en plena cruzada por Oriente, y luego la participación del sultán Saladín, con quien estaba en guerra Ricardo y quien le mandó a sus médicos árabes para que operaran del intestino al rey cristiano, poniendo fin con este evento a las cruzadas.

En mitad del curso escolar de tercero de secundaria llegaron Plinio y Abdul Baruqui para integrarse al grupo. En plena clase de historia, justo cuando la maestra pidió la intervención de Rafael para hablar un poco de la vida de Martín Lutero, llegó el director del colegio con dos compañeros nuevos.

Plinio era el mayor de los dos hermanos Baruqui, y muy alto también, después sabría Rafael que era porque Plinio ya tenía entonces dieciséis años, tres más que todos los que cursaban tercer año de secundaria y que por aquellos años todavía no han crecido todo lo que un adolescente temprano o casi niño tiene que desarrollarse físicamente. Abdul todavía era de la edad de Rafael, casi de su estatura también, un tanto serio y silencioso.

Cuando la maestra prosiguió con la clase, después de que el director presentara a los nuevos compañeros, no sin las respectivas risas del resto del grupo ante aquellos singulares nombres de los nuevos alumnos, se le pidió a Rafael que continuara hablando del protestantismo:

"Bueno... -Dijo Rafael- Lutero tradujo la *Biblia* al alemán, fue el primer traductor de la *Biblia* a otro idioma que no era el latín..., entonces todo el pueblo de Alemania pudo leer la *Biblia*..."

Inmediatamente entró Plinio, como Plinio el romano, filósofo y jurista, interesándose muy rápido por todos los temas tratados en la escuela e interrumpiendo a Rafael:

"En realidad traducciones de la *Biblia* hubo varias hasta antes de Lutero y durante toda la edad media, lo que ocurre es que no se permitía su circulación y eran exclusivas para los teólogos especialistas. Además tenemos las traducciones e interpretaciones de los sabios herejes, muchas de las cuales se quemaron en la hoguera junto con sus autores...."

La sorpresa hizo que la atención de la profesora y todos los compañeros se centrara en los dos nuevos alumnos. Algo había de singular en el tono de voz, y en los gestos y ademanes de Plinio cuando hablaba. Rafael en ese instante no sería capaz de darse cuenta de lo que realmente evocaba este muchacho tan sólo con su presencia en todos. Plinio continuó explicando:

"El aporte de Lutero a la historia del pensamiento es insustituible, no importa si fue o no el primer traductor de la *Biblia*, sino su verdadero mensaje: ¡Piensa por ti mismo, no te quedes con las interpretaciones que te dan otros de las cosas, ni de la historia, ni de la *Biblia* ni de cualquier libro, ni siquiera de una película…! ¡Piensa por ti mismo…! Eso es lo que Lutero quería."

Y mientras hablaba sus manos realizaban movimientos suaves, natatorios, como los de un lagarto desplazándose en un río. Sus gestos y su tono de voz eran acompañados de una tranquilidad que hacia imposible no verlo ni escucharle.

Obviamente sus palabras y su razonamiento no eran los de un niño de tercero de secundaria con trece años o catorce, y probablemente tampoco eran los de uno de dieciséis. Rafael, que hasta entonces era el comentador de los detalles históricos y anecdóticos de la clase, se vio confrontado con la inteligencia y amplia cultura de Plinio. Rafael era un enorme narrador de historias e incluso un inventor de las mismas, en esto no tenía igual en toda la escuela. Era un narrador nato, pero Plinio era un escrutador de los datos y un experto en encontrar preguntas ahí donde ni la profesora había osado posar siquiera los ojos.

Apenas y vislumbraba Rafael algo de lo mucho que le faltaba por aprender a un joven de trece años, casi adolescente, casi niño, como él. Ni una cosa ni la otra. En ese periodo en que es tan difícil ubicar a un púber de un lado u otro de la madurez.

9

*Todo desarrollo, tanto psicológico como biológico,
supone una duración y la infancia dura tanto más
cuanto superior es la especie; la infancia de un gato,
la infancia de un pollo, duran mucho menos que la
infancia del hombre, porque el niño tiene mucho más
que aprender.*

(JEAN PIAGET – Estudios de psicología genética)

"¡Es un maricón ese hijo de la chingada...! -Señaló categórico
Edgar, uno de los compañeros y amigos de Rafael-. Un maricón
bien hecho, ¿no escuchaste su voz?, y te puedo asegurar –agregaba convencido- que el hermano, Abdul, también es jotito de
seguro el cabrón"

Los demás compañeros rieron con complicidad. Rafael los
acompañó riendo también cuando hablaban de Plinio y Abdul,
pero más que risa ante aquellas bromas de sus amigos, estaba
preocupado. Alguien con más cultura general y quizás con una
memoria más enciclopédica para un estudiante de secundaria,
llegaba para competir con Rafael por el puesto del juglar y el
cuenta-cuentos del salón. Por lo menos eso creía Rafa.

Edgar tenía algo que él mismo denominaba *"un jotómetro"*,
podía según él detectar a un homosexual con sólo verlo o escucharlo hablar.

"¡Hay que chingarlos para que se les quite...!" Señaló otro de
ellos, un albino de pestañas blanquecinas.

¿Pero verdaderamente sabrían lo que era un homosexual? Apenas
una voz delicada y cuidadosa con las palabras, y unos ademanes

finos eran suficiente prueba cual inquisidores, para pretender quemar en la hoguera a estos hermanos a quienes ellos ya consideraban brujas o herejes como señaló Plinio, pero de la masculinidad.

Ese fue el principio de todo. Los ataques directos no se hicieron esperar:

"¿Por qué no participas en clase?, ¿porqué casi no hablas?" Preguntó la maestra a Abdul en una ocasión. Pero Abdul Baruqui era un muchacho serio y receloso, no contestó a la maestra.

"¡Porque está embarazado, por eso no puede hablar…!, ¡Tiene a su hijo atorado en el buche….!"

Grito Edgar, el del *jotómetro*.

Todos, incluso Rafael se rieron apoyando a Edgar.

Y Abdul se encerró más en sí mismo guardando un silencio que incitaba más a sus compañeros a reírse de él.

Pero de repente entró Plinio, como Plinio el jurista romano, a la defensa de su hermano:

"Que yo sepa mi hermano no tiene órganos sexuales femeninos, ¿acaso tú sí…? -preguntó Plinio a Edgar, la inquisición de la masculinidad- ¿Has podido quedar embarazado alguna vez? No sabía que tú sí tenías útero y endometrio y ovarios y vulva. Porque si es así, tendrás que cuidarte cada mes cuando te baje el período… y comprar toallas íntimas…"

Todos se quedaron en silencio ante el conocimiento que poseía Plinio de los órganos femeninos. Edgar no supo que responder, aquella afrenta superaba la capacidad de agresión y defensa de un muchacho de tercero de secundaria, por más vivido y enterado de la vida de las mujeres que estuviera, como sí los hay: niños, púberes y adolescentes bastante doctos en ciertos temas por estos días.

Pero Edgar se quedó en silencio, y la maestra continuó con la clase haciendo como si nada hubiera pasado.

La cosa no terminó allí.

Abdul resultó ser un alumno brillantísimo en matemáticas. Plino se divertía planteándole a su hermano problemas de álgebra avanzada y geometría, y Abdul le daba las respuestas desasosegado, sin interés, con apenas alguna sonrisa modesta ante las carcajadas sorprendidas de Plinio, que seguía riendo medio asombrado con la velocidad de Abdul para resolver problemas matemáticos sin calculadora y sin escribirlos. Los demás no dejaban de verlos como extraterrestres. No paso un mes antes de que se hicieran famosos en toda la secundaria: Abdul como matemático y Plinio como entusiasta elaborador de preguntas filosóficas y como maricón. Aquellos hermanos que no jugaban basketbol en el receso como todos los demás, que leían el Robinson Crusoe y todos los piratas posibles de Emilio Salgari. La fama de Plinio como homosexual a partir de su manera de hablar también se difundía, y todo el conjunto de cosas y circunstancias hacía imposible por lo menos en ese momento, que los demás estudiantes de la secundaria desearan acercárseles para amistar.

No deberíamos negar que Rafael también participaba de las burlas que cada vez más cuidadosas, caían sobre los hermanos Baruqui, ya que Plinio demostró poseer un arma mejor y más hiriente que todas las agresiones físicas y repertorios de malas palabras con los que contaban los estudiantes de tercero de secundaria. El arma de Plinio Baruqui era su lenguaje, y en esgrimirlo y usarlo para decir cosas bellas y sorprendentes, o los peores insultos y vejaciones lingüísticas, dichas de la manera más elegante, como queriendo no decirlas, consistía su peligro. Por eso los demás compañeros le tenían ya temor y se iban con cuidado.

Rafa apenas contribuía con una risa tímida que se confundía con las carcajadas histéricas de los compañeros.

Pero más allá de todo ello, lo que preocupaba a Rafael era perder su lugar como narrador de historias en el salón. Los primeros meses luego de la llegada de los Baruqui, Rafa con su timidez conocida y habitual ante las personas nuevas, guardó un silencio casi sacerdotal. Nadie parecía extrañar las anécdotas e historias de Rafael. Plinio ocupaba el primer lugar en participación en clase, haciendo girar los temas del programa escolar, y llevándolos ante los recovecos más inhóspitos de una pregunta existencial, o de una reflexión del sentido de la humanidad misma.

"¡Odio esta sociedad, le tengo un profundo odio a la humanidad entera...!"

Terminaba muchas veces diciendo Plinio en plena clase.

Rafael se dejó a sí mismo opacar por él y se resistía aunque lo deseaba, a volver con algún comentario biográfico o la historia de algún animal en peligro de extinción.

En una ocasión, después de los comentarios amplios y bien pensados de Plinio, sobre *Sidharta*, la obra de Hermann Hesse, que le pareció a él algo así como una estela de luz que le abría un sendero en medio de esta vida sin sentido, Rafael por fin se decidió a hablar. Tomás su padrastro le obsequió *Demian*, y hablaron largamente sobre la vida de Hermann Hesse, seduciendo desde el principio a Rafa, quien se habituó a leerlo sin dificultad. Tomás le trajo una a una todas sus obras al regresar de sus viajes de negocios por la capital del país. Y luego las leían y comentaban juntos.

"Lo que pasa es que también tenía una enfermedad, una neurosis..... –Dijo Rafael repentinamente, con su voz de la que se desacostumbraron sus compañeros-, una neurosis, que marcó toda su obra. Pero lo bueno es lo que Hermann Hesse era capaz de hacer con sus problemas: escribir libros... Si ustedes leen también *Y si la guerra siguiese* podrán descubrir cómo hacía él para salir de sus sufrimientos..."

Terminó de decir Rafael. Los ojos de Plinio brillaron entonces tras escuchar a Rafa, contagiado también él del entusiasmo inicial que le inyectó a Rafa Beatriz su madre, cuando le leía cuentos antes de dormirse, o cuando Tomás le hablaba con fascinación de Lewis Carrol.

Contrario a lo que imaginaba Rafael, que Plinio intentaría competir con él para quitarle su puesto de cuenta-cuentos, el Baruqui sólo lo escucho atentamente y muy interesado.

10

Rafael se dio cuenta de que ni Plinio ni mucho menos Abdul pretendían despojarlo de su *estatus* ante la maestra y sus compañeros. Todo lo contrario, lo miraban muy atentos los dos, al igual que el resto de sus compañeros. Incluso el mismo Plinio, que para su edad parecía saberlo todo de todo, comenzó a hacerle él mismo preguntas, con el afán de hacerlo participar también y escuchar en clases la voz un tanto insegura pero encantadora de Rafael. Esto despojo de mucha tensión a Rafael, y le permitió sentirse otra vez a gusto en su escuela.

Una vez liberado de presiones que no tenían fundamento alguno, Rafael volvió a concentrarse en sus animales, en hacer sus tareas escolares y en pasar el fin de semana entero en su casa en compañía de Tomás y Beatriz.

En aquella época algo extraño comenzó a sucederle ahora a Sebastián. El gato parecía actuaba como poseído por un espíritu chocarrero. Se volvió también cada vez más fuerte y rápido, y era fácil para este gato negro escalar las bardas de la casa de Rafa y escapar hacia desconocidas aventuras. Rafa no dejaba de preocuparse por él, mientras el infame Sebastián casi no comía, perdía todos los días mucho pelo y se tornaba a menudo arisco, mordiéndolo todo y a todos. Parecía odiar, como dijo Plinio en clase, a la humanidad entera, y también a la animalidad, cosa que el pobre David tuvo que sufrir en carne propia.

El acabose ocurrió cuando Sebastián, después de cuatro días de andar vagando fuera de la casa, y sus dueños creerlo perdido, regresó justo para devorar toda una lata de sardinas, arañar mal humorado a David, quien no hizo más que llorar, y luego acabar afilando sus garras sobre el tapiz italiano de los muebles de

Beatriz. La mamá no hizo esperar sus amenazas ante la urgencia de reeducar al subversivo gato.

Fue entonces que el nombre de Agueda, la primera dueña de Sebastián, volvió a la memoria de Rafa. ¿Qué habría sido de la señorita de los gatos? ¿Habría podido encontrarles un hogar a todos sus gatitos? Rafael buscó en medio de las páginas de uno de sus libros, el recorte de periódico donde estaba el anuncio y el teléfono de Agueda, texto con el que empezó toda esta epopeya zoológica. ¿Acaso conocería Agueda la causa posible de aquello que tanto inquietaba a Sebastián, o por lo menos un remedio para tranquilizar a éste gato? ¿En dónde andaría ahora la señorita de los gatos?

11

Ella sufre en alguna parte. Siempre ha sufrido. Es muy
alegre, adora el amarillo, su pájaro es el mirlo, su hora
la noche...

(JULIO CORTÁZAR –Rayuela)

"Hola señorita Agueda, ¿cómo estás?, ¿te acuerdas de mí? Soy
el dueño del gato Sebastián."

Rafael no se ha olvidado de hablarle de tú a Agueda, como
tanto le insistió ella la última vez, que no era su maestra y que
no le hablara con tanto respeto.

"¡Ay...., tristísima!" –Responde Agueda detrás del teléfono.

"Qué te ha pasado, ¿cómo están tus gatitos?"

"Eso es precisamente lo que me tiene así. Es que mi gata...
me la mataron".

El llanto que vino inmediatamente después de esta frase parece
salpicar a Rafael del otro lado del teléfono. La gata a la que se
refiere es probablemente la madre de Sebastián.

"¿Pero quién te la mato, qué le hicieron?

"Me la ahorcaron, la colgaron de un tendedero..." -Responde
Agueda todavía entre sollozos.

Esta no es la misma señorita que con tanta autoridad y conocimiento de los gatos le hablo en el parque de la Madre hace
apenas unos siete meses.

"Pero dime –volvió a decir Agueda enjuagándose las lágrimas-
¿Para qué me has llamado? ¿Le ocurrió algo malo también a tu
gato? ¿No me digas que te deshiciste de él?"

"No, yo creo que no es nada malo, pero se está portando muy raro. Ya no quiere hacer pipí en su caja de arena, se orina por toda mi casa, se escapa, no se deja ni que lo toque nadie, dura días perdido…. Se pelea con mi perro, destruye cosas, él no era así, no sé que le está pasando…"

"¡Ah, eso es normal…! Lo que pasa es que está pasando por la crisis de la adolescencia…"

"¿Adolescencia…?"

"Sí, ¿no sabes que los animales también tienen adolescencia…? En el caso de los gatos es más problemática y más larga: se les cae el pelo, no quieren comer, se pelean, se escapan…."

"¿Y qué puedo hacer?, mi mamá ya no lo aguanta en la casa, le araño sus muebles."

"¡Ja ja ja…! Eso es típico, es que necesita afilar sus uñas."

"Si, ¿pero con los muebles de mi mamá?"

"Lo que necesitas es alimentarlo muy bien, acariciarlo y prestarle atención ahora más que nunca, y tenerle paciencia, mucha paciencia, ya se le pasara."

"¿Estas segura….?

"Desde luego…. ¿Porque no me invitas en una de estas tardes a tu casa para saludar a mi ex-gato?"

Dijo Agueda con una naturalidad que sorprendió a Rafael. Ya recuperada y enjuagándose los sollozos.

"No estaría mal, la verdad es que he estado muy preocupado por mi Sebastián y no me caería mal una opinión de alguien que sabe de Gatos."

"Bueno, no soy experta en gatos, pero digamos que los conozco muy bien, como a mí misma Es más, te propongo algo, ¿porqué no me acompañas a recoger a una camada de gatitos que alguien abandonó y de ahí nos vamos a tu casa?."

"¿Más gatos..?"

"Desde luego, mis contactos me han informado que alguien abandonó una camada de ocho gatos casi recién nacidos en el

Suburbio Este de la Ciudad. Podemos ir por ellos y luego vamos a tu casa a revisar a Sebastián?"

"¿Hasta el Suburbio Este…?"

"¿No me digas que también se te hace muy lejos…?"

"No no…, está bien"

Volvió a replegarse Rafael, tímido al reconocer sus grandes limitaciones territoriales y sus miedos.

"Nos vemos si te parece en el Parque de la Madre otra vez para de ahí tomar el metro…"

"Está bien…"

"¿A las cinco… te parece?"

"De acuerdo".

"Hasta entonces pues…"

12

Llegó una mujer con un frasco como de mármol, lleno de un perfume muy caro, de nardo puro. Lo quebró y derramó el perfume sobre la cabeza de Jesús. [...] "Déjenla tranquila. ¡Porqué la molestan! [...] Esta mujer hizo lo que le correspondía, pues con esto se anticipó a preparar mi cuerpo para la sepultura".

(Evangelio de Marcos)

No es que Rafael fuera precisamente un muchacho muy temeroso de las mujeres, pero es que toda su vida estuvo en ese colegio de los Jesuitas para puros varones, el único contacto con mujeres hasta ahora lo conformaba principalmente su madre a quien estaba de sumo ligado, y alguna que otra maestra que desde luego no mostraba tampoco mucho interés por acercarse a los muchachos, más allá de una aburrida y expositiva clase con sus alumnos.

Por eso las singulares conversaciones con Agueda, aunque hasta ahora breves y escasas, comenzaron a resultarle de sumo enigmáticas. Aunque sí predominaba en él un temperamento delicado y nervioso, también contribuían al mismo los cuidados desmedidos y sobreprotectores de su madre hacia él como hijo único, así como las atenciones y privilegios por parte de su padrastro. Digamos que la atención lograda ante sus compañeros y profesores en clases, y la necesidad angustiosa de mantenerla por todos los medios posibles, no era más que una extensión de aquel universo de su familia del cual él era innegablemente el centro.

Las palabras del padre Martín, un viejo jesuita psicólogo, quien en el colegio les impartía pláticas sobre sexualidad a aquellos hoscos y burlones alumnos cada mes, no dejarían de penetrar y suscribirse en todos los niveles de su alma y su cerebro: "La única forma posible de liberación para el hombre es la mujer, ¡Pero atentos muchachos, la mujer no es de ninguna manera solamente el instrumento para la liberación: la mujer es la finalidad hacia donde debe ir el hombre...!"

El viejo cura intentó promover que el antiguo colegio jesuita se volviera mixto y asistieran también mujeres, pero se topó con demasiados obstáculos por parte de la sociedad de padres de familia y algunas de las más altas jerarquías del clero. Martín les hablaba a sus alumnos sobre sexualidad humana basándose principalmente en ejemplos extraídos de los evangelios, convencido de que en ningún lugar de la vida de Jesús se dio a entender por ningún motivo, que la sexualidad humana fuera mala, pecaminosa y que debía ser reprimida y maltratada.

Martín les contaba que la prueba de que la mujer era la finalidad de la liberación humana estaba en todos los evangelios, por eso a las primeras a quienes se apareció Jesús tras su resurrección fueron su madre María, María Magdalena y Salomé, y no los apóstoles, seres inseguros y para entonces todavía con muchísimas dudas.

El acabose ocurrió poco tiempo después, cuando el cura les dijo que Jesús no fue en realidad célibe; que en la virgen María no penetró el espíritu santo, sino el sagrado pene de José, lo que no negaba de ninguna manera que Jesús fuera el hijo de Dios, ni su origen divino, sino todo lo contrario: que eso nos hacía divinos a todos los seres producto del celestial contacto carnal. Que José, el mismo carpintero padre de Jesús, no murió antes que Jesús sino que bajó de la cruz a su propio hijo después del suplicio. Las represalias no se hicieron esperar. Se causó un torbellino en la sociedad de padres de familia, se dijo que el propio presidente de la República, por cierto conservador, se enteró de tales infamias.

Martín fue enviado estratégicamente a un asilo de sacerdotes retirados, donde a nadie de los seniles curas les interesaría escuchar sus hipótesis y herejes interpretaciones de los evangelios.

Esa idea de que la mujer sería el medio de liberación de sus propios miedos guiaba de una manera no muy consciente el interés de Rafael por buscar a Agueda y no solamente sus conocimientos sobre los gatos, los cuales también necesitaba de hecho. Pero ahora estos no serían más que el pretexto para seguir teniendo contacto con ella.

13

Cuando Rafael y Agueda transbordaron para tomar la línea del metro que iba hacia los suburbios de la ciudad, Rafa fue invadido por un miedo incomprensible antes de dar el primer paso dentro del tren. Trató de disimular lo mejor que podía su miedo y se pellizcaba la pierna por encima del pantalón intentando ocultarlo. Lo que él no sabía es que Agueda era una persona tan sensible que se percató de inmediato de su estado de ánimo. Lejos de confrontarlo o burlarse de él, ella comenzó a platicar de gatos y a bromear un poco para tratar de tranquilizarlo. Sin embargo la angustia de Rafael se tornaba cada vez mayor, llegó un punto en el que los pellizcos hacia su propia pierna ya no lograban mitigar ni distraerlo de su ansiedad. Disimuladamente introdujo su mano en la bolsa del pantalón y ahora comenzó a pellizcarse con discreción la ingle, con la esperanza que este dolor más sutil y agudo le permitiera contener la angustia y los nervios para que Agueda no se percatara de ellos.

Le costaba trabajo respirar y comenzó a hablar demasiado rápido y atropellando sus palabras; Agueda le seguía el juego, muy dueña de sí misma. Cuando fue más que evidente que Rafael estaba sumamente nervioso y no podía dejar de agitar su pierna contra el suelo, Agueda rodeó con su brazo los hombros de Rafa, reconfortándolo en ese instante. Rafael comenzó a experimentar alivio, sintió que desaparecía toda angustia y todos los miedos que desde niño le fueron instaurados por su madre Beatriz, abandonada y dejada sola por su primer pareja. Los seres malvados que habitaban en los cuentos que le narraba y en sus pesadillas de la infancia salieron huyendo desmembrados. Fue un contacto de unos veinte segundos, Agueda retiro su brazo y Rafael estaba ya muy tranquilo.

En esa línea del tren subían cientos de obreros, albañiles, gente muy pobre que iba o venía del centro de la ciudad a los suburbios. Su madre siempre le habló de aquellos terribles crímenes que ocurrían por esos rumbos, de los *robachicos* que se hacinaban por esos lares, de niños secuestrados a quienes les sacaban los ojos para obligarlos a pedir limosna. Ahora con Agueda todo eso que lo aterrorizara durante sus casi catorce años desaparecía.

Cuando después de diez estaciones se llegó la hora de bajar, Agueda tomó por un instante la mano de Rafa jalándola, y este se dejó llevar como por el mismísimo y fascinante Belcebú. Caminaron luego por calles tristes, tristísimas y paupérrimas; niños descalzos o sin calzones corriendo lúdicamente entre la herrumbre y los drenajes abiertos. Agueda se movía con suma naturalidad y parecía conocer el terreno como uno más de sus múltiples dominios. En una esquina ya los esperaban tres muchachos de la edad de ella con una caja en la que Rafa adivinó que estarían los gatitos.

"Son cinco monedas de a diez... ese es su costo....." Dijo el más moreno de todos, quien parecía el líder y vocero, y no estaba dispuesto a dejarlos llevarse aquel tesoro gratuitamente.

"¡No...! ¡Me dijiste que me los ibas a dar gratis porque nadie los quería, que si no los recogían los iban a matar sus dueños..."

Atacó Agueda sin piedad.

Pero el muchacho no parecía con la intención de respetar su palabra, si es que desde un inicio la hubo. Agueda en lugar de continuar discutiendo con él se buscó en la bolsa y no extrajo más que dos monedas de a diez y una de tres.

"Es todo lo que tengo..."

"No, con eso no te alcanza más que para dos gatos..."

"Entonces no los quiero, es lo único que puedo darte, si no, mejor nos vamos y te quedas con tus gatos".

Agueda por ningún motivo sería capaz de abandonar a ninguno de esos gatitos, pero aquello no era más que una estrategia para engatusar al muchacho y obtener los animales a cambio de las monedas que traía.

"Bueno está bien, dame lo que traes…"

Acepto al fin el moreno después de mirar a sus dos compañeros y obtener de ellos una forzada aceptación.

Agueda sin perder un solo segundo dio el dinero al moreno y tomó la caja de los gatos de un jalón con uno de sus brazos, sin siquiera asomarse a ver el contenido, y con el otro agarró a Rafael instándolo a retirarse rápidamente, antes que los muchachos se arrepintieran del trato. Luego, sin soltar a Rafa de la mano, empezó a caminar muy rápido, con el oído atento a los seis pasos que los seguían a distancia. Al dar vuelta en la primera esquina corrieron a paso enloquecido y dieron tres vueltas más en otras tres esquinas como en un laberinto, guiados por la intuición de Agueda.

Rafael, pese al peligro de poder ser capturado por los vendedores de gatos, se sentía fascinado al no perder el contacto con la mano húmeda de ella. Entraron veloces a la estación subterránea del tren, pagaron con la misma rapidez sus fichas y en diez segundos ya estaban dentro del Gusano de Hierro. Entonces Agueda pudo contemplar que eran diez sarnosos gatitos colocados dentro de aquel sepulcro.

Después de un profundo suspiro ella dijo a Rafael con una burlona mirada de triunfo:

"Acompáñame a mi casa… no me dejaras que me vaya sola hasta allá, con el peligro de que me roben estos gatos ¿verdad?"

"Claro…" Respondió tembloroso Rafael.

"Y aprovechamos para presentarte a mi abuelo, ¿te parece?".

Terminó de decir ella mientras extraía un frasco de crema para manos resecas de su morral y se lo untaba en ambas extremidades, mientras pronunciaba una oración de agradecimiento, como para expiarse de lo vivido durante aquella tarde.

"Sí…" Asintió Rafael.

14

David saltó el cerco de alambre para adentrarse en un inmenso terreno baldío.

El espacio, abandonado desde por lo menos hace treinta años estaba vedado para los niños, aunque en alguna hermosa época ya pasada funcionó como parque de diversiones e incluso poseyó un lago artificial donde nadaban los patos y la gente remaba; ahora estaba seco, abandonado y lleno de hierba crecida.

¡Qué esperanzas que Rafael se atreviera a explorar solo semejante sitio! ¡Qué diría su mamá si se enterara! Rafa ni siquiera se animaba a pensarlo, aunque en algún momento sus pesadillas lo llevaran a soñar que se perdía solo dentro del parque del lago a merced de los mariguanos y los *robachicos*.

Pero David no. Su cuerpo flaco evadió la cerca de alambre retorcido y saltó cual atleta de obstáculos la insignificante baya. Su nariz olisqueó luego el suelo donde algún día hubo peces, patos y gansos, detectando el rastro reciente de otros perros que exploraron antes por ahí. Esto lo puso sobre aviso para actuar con suma alerta y desconfianza, puesto que el enfrentarse con otro congénere o incluso con una jauría entera de perros podría llevarlo a jugarse la vida. Sin embargo prosiguió su avance hacia el interior del parque. Los animales, aunque precavidos e inteligentes, tampoco se cuestionan demasiado su vida, tal vez por eso su inconsciencia les hace estar más cerca de Dios, al igual que los niños pequeños y los locos. David caminó sin levantar la nariz del suelo más que para elevarla repentinamente hasta lo más alto que le permitía su cuello y aprehender el aire, por si hubiera enemigos o alguien cerca. Continuó deslizándose entre los viejos árboles y la hiedra, mojó sus patas en un riachuelo contaminado y su instinto le indicó no beber por nada del mundo de esa agua podrida.

Aunque parecía caminar sin rumbo, en realidad sus actos estaban guiados por una finalidad biológica y divina, su meta estaba perfectamente trazada.

Después de dar varias vueltas alrededor de una vieja construcción que antaño fuera oficina del parque, abandonada y llena de hiedra hasta el techo, David por fin se encontró con ella. Ahí estaba su amada en turno: una perrita también sin nombre para los de su raza, mestiza, color blanco con negro y manchas café. Sus ojos y orejas se avivaron al verla y se le aproximó no sin cierto cuidado, recordando otra aventura con ella en su pasado celo hace seis meses. Los dos perros primero se miraron cara a cara, luego acercaron sus narices mutuamente, en señal de reconocimiento. Después él la rodeó hasta olisquear su trasero identificando su sexo y el estado actual de su ciclo biológico. El olor de la sangre coagulada y la vulva hinchada lo hicieron salivar de deseo: ella estaba lista. Fue cosa de segundos: el enorme cuerpo flaco de David se incorporó sobre ella, poseído por el demonio de los perros y la penetró con un pene rosado e igualmente flaco y alargado como él. Estuvieron así un par de minutos, a ratos mirándose a la cara con las lenguas salidas y realizando movimientos convulsos y repetitivos, hasta que se escucharon otros ladridos.

Cuatro perros aparecieron enfurecidos de entre las hierbas, pero David no podía separarse de ella o no quería aunque los vio venir. Apenas pudo extraer su miembro aún erecto y dar algunos pasos cuando sintió una mordida en el lomo. Aún así sus largas y veloces patas lo pusieron en marcha, otras fauces lo prendieron de la cola con un horrible dolor, pero no se detuvo ni para voltear a ver a sus enemigos, ni siquiera lloró. De un salto, medio herido, libró nuevamente la baya dejando a los otros animales detrás. Sus patas, más largas que las de la mayoría de sus congéneres le permitían ir más rápido que todos ellos juntos.

Cruzó la avenida principal, muy atento al semáforo y a los transeúntes y siguió avanzando más rápido de lo normal hasta llegar a su casa.

Ahí lo esperaban Rafael y su mamá, quienes lo cuestionaron y regañaron, no sin dejar de curarle su lomo y su cola lastimada: "¿Dónde te fuiste a meter David? ¡Ya te hemos dicho que no te alejes de la casa!"

Decía la mamá de Rafa desesperada al ver su cola sangrante, y David se agachaba tembloroso echando hacia atrás sus orejas avergonzadas.

"¡No te vuelvas a ir así!"

Añadió la joven señora regañándolo.

"Lo bueno es que tiene todas sus vacunas…"

Dijo Rafael mientras le ponían yodo en la punta de la cola. Y por un instante David mostró los dientes en reacción al dolor que le causaba la sustancia en su herida, como si fuese a morderlos, pero en el momento se reprimió, incapaz de agredir a sus amos: antes de hacerles daño se dejaría matar si fuera preciso.

15

Confiar es, a veces, entregar.

(VICTOR HUGO –Los Miserables)

En esos días, casi de manera natural e involuntaria, Rafael se fue haciendo cada vez más cercano a Plinio y Abdul. En primera porque ellos hicieron muy evidente el hecho de que no pretendían desplazarlo de su lugar dentro del salón de clases, y sobre todo porque también se interesaban cada vez más en él. Por su parte Rafael se dio cuenta de que tanto a Plinio como a Abdul, al igual que a él, ya no les interesaban los juegos de manos ni los deportes que en los recreos practicaban el resto de los alumnos de la secundaria. Mientras que todos los jóvenes de esa edad se mantenían atados a la infancia, jugando baloncesto o persiguiéndose, a Plinio y Abdul les interesaba mucho más la conversación, ver películas y leer.

Y otra cosa eran los juegos de video: Plinio y Abdul no los practicaban en lo absoluto. A diferencia del resto de los chicos de su edad pasaban la tarde entera en *Sea World*, la tienda de peces de su padre, ayudándole a limpiar las peceras, alimentando los peces, jugando con tortugas, ranas y salamandras de agua dulce, extrayendo de la *Internet* las informaciones más inverosímiles, viendo una película tras otra de samuráis y ojeando libros en la trastienda que funcionaba como oficina, bodega, biblioteca, y sala de video del comercio.

"¿Cómo que tu papá es dueño de una tienda de peces...?" Preguntó Rafael fascinado cuando platicaban tímidamente en medio de una clase de matemáticas.

La interacción entre los tres muchachos no fue fácil desde el inicio, pero ya iniciaba entonces, aunque existían muchas presiones en el grupo, puesto que los otros compañeros como ya vimos, no querían a estos extraños sabelotodos.

"Claro..." Respondió Abdul al mismo tiempo que terminaba con velocidad y perfección un problema matemático, casi por inspiración celestial.

Plinio que los contemplaba de reojo, aburrido, pues no eran los números de su predilección, no tardó en intervenir:

"¡Te gustaría ir?, te invitamos..."

"¿Me invitan, a su tienda...?"

"Desde luego..."

Añadió Abdul sin quitar los ojos de su libro de álgebra. Pareció como si tanto él como su hermano hubieran planeado esta invitación desde hacía tiempo.

Al día siguiente Rafa conoció a don Baruqui, un obeso sabio que era el padre de los muchachos. Detrás de unos lentes descomunales, se ocultaban unos ojos igualmente grandes y azules, bondadosos, que recibieron con la apertura marítima del Mar Mediterráneo a Rafael. Don Abdul era descendiente de inmigrantes libaneses, comerciante y empresario desde niño. Viajó a todos los rincones del mundo, por negocios y por curiosidad, autodidacta también, leyó y aprendió de todo: idiomas, ciencias, artes. Amante de la biología, a la cual no pudo dedicarse profesionalmente, se conformó con instalar a sus casi sesenta años un acuario, tras vender una empresa de telas que desarrolló durante toda su vida.

Esa tarde después de que don Baruqui les sirviera espagueti con jamón en la trastienda de su acuario, los tres muchachos vieron una película de Kurosawa. Rafael se sintió conmovidísimo con *Seven Samurais*, y al igual que aquel pueblo del Japón medieval, unido en una consciencia colectiva, unificada ante los enemigos, por primera vez tuvo la experiencia de pertenecer a un grupo de amigos.

Luego echaron un ojo en la enorme y heterodoxa biblioteca de don Baruqui de la cual abrevaban sus hijos: tenían de todo: literatura mundial, desde la antigüedad hasta lo último, historia, antropología, filosofía, administración, mitologías de distintas orbes, cálculo, zoología, criptotozoología, etc. Le obsequiaron un compendio de animales míticos que Rafael se apresuró a guardar como tesoro en su mochila. Hurgaron en la *Internet*, en lugares donde las bellezas europeas mostraban sus atributos físicos a los curiosos, Rafael sintió también el placer de la complicidad, ya no era él solo el culpable de tener malos pensamientos y sueños con chicas hermosas, sino eran los tres hermanos en la lujuria y la diversión. Para Plinio, ciertamente como pudo observarlo Rafa, eran como una curiosidad casi indiferente las modelos suecas y soviéticas que extasiaban a Abdul y a él. Y al final aquellos chicos descendientes de Mahoma, le enseñaron los principios del ajedrez.

Esa noche Rafael durmió al instante, riéndose a ratos, exhausto, recordando todo lo que se divirtió en este día.

16

*Y por "vomitar" entiendo soltarlo todo, sacar a la luz
esos cestos podridos de fetos fermentados y los instrumen-
tos para matar que yacen en el fondo de nuestros lagos
personales.*

(DOUGLAS COUPLAND –Generación X)

Justo en la madrugada, cuando todavía faltaban unas horas
para que amaneciera y cuando todos los alumnos se dormían,
Edgar y el Albino invadieron la habitación donde dormían Rafael,
Plinio y Abdul.

Previamente todos los estudiantes eligieron un cuarto y dos
compañeros porque los dormitorios eran sólo para tres personas.
Obviamente nadie quiso dormir junto con Plinio y Abdul. Desde
días antes de aquel Encierro Espiritual programado por los jesuitas, Edgar, el Albino y el resto de los compañeros planearon dejar
a Rafa sin habitación ni compañeros, con la finalidad de que a
éste no le quedara más remedio que dormir con los dos hermanos.
Cosa que como hemos visto, ahora más bien le alegró a Rafa.

A medida que se ensanchaba la amistad entre Rafael y los Baruqui, el resto de los compañeros de clase tomaron cierta distancia
de Rafa a quien antes festejaban sus participaciones y anécdotas
en clase, y ahora comenzaban a mirarlo con recelo, y es verdad,
en el fondo, con un poco de envidia, por ser el primero en ser
capaz de hacerse amigo de aquellos dos extraños libaneses.

Los llevaron de parte del colegio jesuita a un encierro espiritual.
De encargados y cuidadores iban solamente un par de novicios
religiosos muy jóvenes, inexpertos en disciplina estudiantil y con

desconocimiento absoluto de lo que en estos días son capaces de llegar a hacer los adolescentes. Aquel par de novicios se durmieron un par de horas antes, confiados en que la palabra de Dios, tratada durante todo el día con estos estudiantes, emancipaba y tranquilizaba sus almas pecadoras. Cuán lejos estaban estas ingenuas creencias de la realidad de la juventud actual.

Otros dos compañeros más seguían al Albino y a Edgar: un pelirrojo, Javier y otro muchachito tímido, muy moreno, el Chango. Entre los cuatro taparon sorpresivamente las bocas de Rafa y Abdul, quienes despertaron amordazados y atados con las sábanas en las que dormían, aterrados al ser extraídos de manera violenta de su sueño. Rafael ya los conocía y no se asustó tanto, sabía que sólo gustaban de divertirse causando sufrimiento a los débiles, pero Abdul palidecía y temblaba convulsamente, parecía a punto de entrar en una crisis cardíaca o neuronal, y aunque todos se dieron cuenta, ni aún así se apiadaron de él sus compañeros y mucho menos le soltaron.

"¡Te vamos a violar!"

Le gritó Edgar al oído al pobre Abdul, quién sabe si hablaba en serio, si conocía literalmente la magnitud y la naturaleza de las palabras que pronunciaba, o si sólo lo hacía por asustarlos.

Luego todos se reían al verlos asustados y atados. Entre carcajadas Edgar comenzó a bajarle los pantalones de la piyama, y Abdul a sacudirse con los ojos desorbitados y la mirada perdida. Entonces el Chango y Javier asustados de que algo estuviera pasándole al pobre Abdul, soltaron a Rafa, dudando de aquella broma de la que eran cómplices y sintiéndose culpables. Pero Edgar y el Albino seguían ensañándose en el miedo que producían en Abdul, sin importarles lo que le pasaba.

Plinio, quien dormía y con quien no se metían en absoluto los abusivos, despertó con la agitación y los gritos de Rafa de "¡Déjenlo en paz, le está pasando algo…!" La intervención de Plinio no se hizo esperar, sin pensarlo se arrojó sobre Edgar, que en comparación con la altura, la fuerza y la edad del libanés, no era más que un pequeño muñeco sin desarrollo. Plinio lo sujetó por detrás, envolviéndolo en sus brazos con fuerza descomunal e inesperada para éstos púberes bromistas. Lo apretó tanto que al instante soltó a Abdul. El Albino también liberó al prisionero y todos los estudiantes se replegaron hacia los extremos de la habitación, asustados ante la demostración de fuerza de Plinio, quien hasta antes de ser provocado era un ser tranquilo y pacífico, incapaz de la menor agresión física. Lo apretó tanto que Edgar se puso colorado de asfixia, luego le dijo tranquilamente al oído: "Yo soy el que te va a violar....".

Al apretarlo contra su cuerpo y estarlo estrangulando por el vientre y las costillas, Edgar sintió sobre sus pequeñas nalgas el incipiente y peligroso contacto de un enorme pene bajo la pijama de Plinio, mucho más grande que los que conocía en las regaderas con los diminutos compañeros de su edad. Edgar comenzó a llorar al sentir en sus posaderas el innoble contacto de la verga de Plinio, enorme y palpitante, erguida como espada desenvainada, erecta como arma punzo cortante. Edgar suplicó en medio del llanto de un niño de seis años que lo soltara. Al final Plinio se apiadó de él y lo dejó ir como a un pajarillo asustado, del cual se compadecía un feroz gato predador, y salieron huyendo los cuatro invasores.

Plinio acudió a abrazar a su hermano. Aquel cuerpo y aquellos brazos que fueron capaces de tal manifestación de agresividad, envolvieron a su hermano hasta que Abdul recuperó el color y su mirada se restableció.

"Mi hermano padeció epilepsia. -dijo Plinio-. Ya no le han dado crisis desde hace cinco años, pero tenemos que evitar que algo lo alteré demasiado porque podrían volverle las convulsiones".

Rafa no decía nada, también él estaba asustado por todo lo ocurrido. Luego los tres amigos volvieron a la cama y se quedaron profundamente dormidos hasta el otro día.

En la mañana, Edgar, el Albino, el Chango y Javier, se sentaron durante el desayuno lo más lejos de los Baruqui y Rafa. Nadie volvió a comentar lo sucedido nunca, pero tampoco nadie volvió a meterse ni con Plinio, ni con Abdul ni con Rafael.

17

*-Sí, los que son buenos van al Cielo porque han estado
en el Cielo desde le principio. –Lo que me pareció muy
justo.*

(JACK KEROUAC –Los Vagabundos del Dharma)

Agueda no cayó del todo bien a Beatriz la mamá de Rafa.
Será cosa de un principio homeopático en el que lo semejante
produce lo semejante, o lo rechaza, y que ambas mujeres fueran
tan parecidas que al final se repelieran, pero la verdad es que ni
a la joven señora le agradó la nueva y singular amiga de Rafael,
ni a la señorita le simpatizó la señora.

Agueda se limitó a un breve y respetuoso saludo sin dejar de
mirar a la señora a los ojos, y luego pasó junto con Rafa hasta el
patio de la casa, donde se encontraba Sebastián. Rafa presintió
mediante un canal sensorial desconocido, un dejo de ácida tensión entre Beatriz y Agueda, pero no tuvo ni los conceptos ni las
palabras para entenderlo en ese instante. Salieron hasta el patio
y ahí estaban David y Sebastián.

David se incorporó desde un rincón donde dormitaba sobre
unos harapos saludándolos con la móvil cola, y Sebastián después
de rodear escurridizo los muebles de jardín de la mamá de Rafa,
saltó sobre los brazos del muchacho. Agueda lo tomó después,
sin dejar de contemplar la hermosa casa donde vivía Rafa, ni de
sentir empalagada la presencia de la madre de él en todas partes,
plasmada hasta en la decoración de los rincones más ocultos.

Agueda vivía en los suburbios de la ciudad, no tan mal, pero
en una casa mucho más modesta que era de su abuelo desde hace
más de cuarenta años, en un antiguo barrio obrero que levantó la

fábrica de aceite para sus empleados, muchos de los cuales ya eran jubilados y ancianos. Ciertamente nunca entro a una casa como ésta, que aunque no demasiado suntuosa, poseía bastantes lujos y decoraciones cuidadosamente elegidas por la mamá de Rafael. Sin embargo Agueda sabía mostrarse natural en todas partes, sin cohibirse y era capaz de convertir cualquier lugar en su dominio. Pronto estuvieron jugando con David a perseguirse, y Sebastián mordisqueaba la larga cola del perro, dejándose arrastra por ella. Rafael y Agueda se reían al ver a los animales dar vuelta por el jardín fingiendo que peleaban. Rafael por dentro era sumamente feliz de tener por primera vez una amiga, que además era muy bonita.

Luego la mamá de Rafa, en un tono cordial les trajo té negro frío y galletas de coco. Sobre una mesa del jardín fabricada en hierro, jugaron ajedrez mientras se bebían el té y comían las galletas. Agueda parecía ser una jugadora experta que pronto dejo dos veces sin rey a Rafa. Pero a él no le molestaba perder, aunque los Baruqui le enseñaron muchas jugadas profesionales, se quedaba fascinado no en el juego precisamente, sino con unos ojos verdes, hermosos y felinos que planeaban la estrategia más precisa para ganarle. Agueda poseía una belleza gatuna, como ella misma sugirió hace un tiempo, al decir que conocía a los gatos tanto como a ella misma. En ella había algo que en cierto modo recordaba a la mirada furtiva e inteligente de Sebastián, algo a la vez hermoso, obsesionante y perturbador.

El corazón de trece años de Rafa parecía subírsele a la garganta cuando ella rozaba levemente su mano regordeta al intercambiar una pieza, y se contraía cada que ella le miraba maliciosa tras haberle devorado un alfil o una torre.

"¿De dónde dices que es tu amiga, cómo dices que se llama?"

Preguntará por la noche Beatriz al iniciar discreta, un interrogatorio con respecto a la nueva amiga de Rafa, cuando Agueda ya se haya ido al caer la tarde para tomar el metro que la llevará a su casa. Él se limitará a responder con afirmaciones y negaciones cortas, con monosílabos, sin dar demasiada información, evasivo, pensando en su amiga.

Segunda parte:

CONCIENCIACIÓN

Nunca digas a nadie que tienes la verdad en un puño.
O que a tus plantas, quieta, perdura la virtud.
Ama con sencillez, como si nada.
Sé dueño de tu infierno, propietario absoluto
De tu deseo y tus ansias, de tu salud y tus odios.
Fabrícate, en secreto, una ciudad sagrada,
Y equilibra en su centro la rosa primitiva.

(EFRAÍN HUERTA – La Rosa primitiva)

1

Después de pagar su entrada y hacer una larga cola esperando, se adentraron por fin en la enorme y oscura sala cinematográfica: una caverna gigante con incontables filas de butacas que se perdían en el infinito y que los devoró. Plinio ingreso en el abismo del cine acompañado del otro chico.

Desde niño cuando su papa lo llevaba junto con su hermano, justo en el momento de entrar al cine, al reinar la oscuridad absoluta en todo, como en el principio del mundo, experimentaba una emoción inocente que lo hacía sentir igual que si fuera a iniciar un viaje por primera vez: a otro país o a otra dimensión fuera de su cotidianidad. Ahora no era la excepción, estaba feliz.

El otro jovencito quien le acompañaba, caminaba mucho más aprisa, se adelantaba medio metro y luego lo esperaba inquieto, no estaba tan entusiasmado por la película pues para él el cine era una experiencia como cualquier otra.

Se llamaba Oliver y se conocieron apenas unos seis meses atrás en el acuario de don Baruqui, el día en que Oliver llegó preguntando por unos peces dorados del Japón, y sus ojos color aceituna se encontraran furtivamente con los de Plinio a través del vidrio de la pecera, cuando este tratara de pescarle un par de gordos y bellos japoneses con la fina redecilla. Oliver rozó con su dedo la mano de Plinio al recibir la bolsa inflada de aire donde se introducían los peces para que los transportaran los clientes. Luego Oliver no dejaría de buscar pretextos para ir a la tienda y comprar aditamentos o nuevos peces para su acuario.

Comenzaron a verse alguno que otro sábado en las plazas, a caminar por el centro de la ciudad hasta que oscurecía, a hablar sobre la vida y el resto del mundo.

A pesar de que Oliver apenas tenía quince años, poco más de un año menor que Plinio, era sumamente despierto, no tan conocedor del arte, la cultura y la ciencia como el Baruqui. Era más bien una criatura mundana y práctica, amante de los peces, con grandes dotes de observación cuando se trataba de conseguir lo que quería, además de enormes cualidades histriónicas para salirse con la suya frente a los adultos, y un dejo de hermosa malicia que se dejaba ver tras sus ojos verdosos y vivaces.

Una noche, al bajarse de autobús y tras cerciorarse que no había nadie más cerca, Oliver se acerco y lo beso en la boca tomándolo por la cintura y jalándolo hacia sí como si Plinio fuera una frágil chica. El contacto aunque le asustaba, también hizo que Plinio ya no dejara de pensar en Oliver y deseara verlo cada que fuera posible. Nunca besó a una niña, y mucho menos a otro muchacho, sumergido hasta ahora en el negocio de su papá, en compañía de peces, libros, películas y el afecto de Abdul, Rafael y don Baruqui.

En el interior de la sala cinematográfica encontraron dos asientos vacíos tras buscar un buen rato, puesto que el cine estaba casi lleno, ya que estrenaban una de las nuevas maravillas de la ciencia ficción llevadas al celuloide. Plinio sintió que le tomaban la mano con una seguridad a la que aún no se acostumbraba, y Oliver le guió como a una doncella en la oscuridad hasta que se posicionaron de sus dos lugares. Plinio tenía toda la intensión de ver como en cualquier otra ida al cine la película, con toda su atención y emoción concentradas en la pantalla, como siempre lo hizo, pero al parecer Oliver no se lo iba a permitir tan fácilmente.

Oliver se veía muy inquieto, a él no parecía interesarle demasiado la película, se revolvía en su asiento y miraba de reojo constantemente a Plinio, quien fanático acérrimo de la literatura y el cine, a los cinco minutos fue atrapado por la trama.

Transcurrió un lapso aproximado de media hora cuando sintió que Oliver le acariciaba la entrepierna. Plinio primero se asustó, quiso retirar la mano de su amigo pero no pudo, se aferraba como una tarántula sobre un ratón, luego intentó volcar su atención con desespero en la pantalla pero le resultó imposible, por más que quería hacer caso omiso de la mano de Oliver, no pudo ignorarla.

En menos de unos cuantos segundos la mano pequeña y delicada ya estaba acariciándole el pene por encima del pantalón, y Plinio, aunque hubiera querido con todas sus fuerzas, no podía frenar la erección imparable que se presentía en su ingle. Ya no podía seguir la película, todo era un desvanecimiento que casi lo disolvió sobre su asiento como el caramelo de las palomitas de maíz.

Escuchó los estruendosos ruidos de naves espaciales provenientes de la pantalla, un viaje interestelar, y Oliver ya estaba casi debajo de su asiento, desabrochándole lo botones de su *levis* y tomando su parte, crecida en demasía como un ser autónomo que se incorporaba reclamando su derecho al placer. La gente estaba totalmente metida en la película, la situación aunque era en extremo pública, paradójicamente era en exceso privada y anónima, nadie se percataría de lo que hacían los dos chicos.

Hubo un viaje a la velocidad de la luz, las estrellas se difuminaban en un solo haz luminoso tras el paso de la nave interestelar, y Plinio comenzó a respirar agitadamente. De por sí normalmente era profunda su respiración y lento su hablar, rasgo en el que se parecía a su padre y a su hermano, y curiosamente a Rafa.

Plinio temía que todo el resto de la sala escuchara su respirar agitado, nuevamente fue presa de una electrizante ola de placer que le hacia olvidar todo, mientras Oliver sostenía su órgano con una gentileza y precisión que haría brotar de él una energía incontrolable.

Hubo luego una explosión cósmica, se destruyo un planeta entero, solo una nave sobrevivió. Plinio estalló también en un torrente de fluido celestial, de aquel que los alquimistas creyeron que contenía un fragmento del alma del varón que eyaculaba.

Al salir de la sala tras terminar la película Oliver lucía inalterable, absolutamente ecuánime, hablando ahora de juegos de videos y de su intensión de comprar una nueva pecera. Mientras Plinio se sentía contrariado, temiendo que alguien se le quedara viendo de manera acusadora:

"Maldito homosexual depravado"

Le gritaban las luces de la sala y le acusaban las paredes del cine. Oliver hablo ahora de caricaturas con total control de la situación y sin aparentar perturbación en lo absoluto, como si no hubiera ocurrido nada.

2

Rafael cumplió catorce años: fue una de las celebraciones más esperadas de su vida, una reunión agradable, sencilla e íntima en la que Beatriz su madre preparó una versión de pizza sumamente mestiza, y Tomás su esposo compró cinco litros de helado y dos de refresco. Pero lo que para Rafa hacía especial ese día, era el hecho de que Plinio y Abdul estuvieran con él. Ellos le dieron la oportunidad de asomarse por primera vez fuera de su núcleo familiar y sentirse identificado con un grupo de muchachos de su edad.

"¡Ya vénganse a comer!"

Dijo Beatriz mientras los tres muchachos jugaban con David en el jardín a perseguir un trapo viejo y se carcajeaban al unísono junto con los ladridos del perro.

Cuando ella se disponía a cortar la primera pizza recién salida del horno para repartirla entre los invitados llamaron a la puerta. Para sorpresa de los padres y los dos libaneses, apareció Agueda con un lindo vestido de flores que le tocaba los tobillos, y en los brazos además de una de las múltiples bolsas de mano que ella misma se confeccionaba para llevar las más inesperadas cosas, llevaba cargada una caja envuelta para regalo, con papel chino de varios colores y un listoncito en lugar de moño.

Rafa la invitó pero por alguna razón difícil de pronunciar no se atrevió a mencionarlo a su madre, o lo olvidó también por silenciosos motivos que conectaban ya a estos tres personajes. Aunque sorprendida, Beatriz se porto muy amable con Agueda y la invitó a pasar agradeciéndole haber ido al cumpleaños de su hijo incluso antes de saludarla con un beso en la mejilla.

Plinio sintió inmediata simpatía e incluso identificación con la señorita, y Abdul tan solo al mirarla, con lo tímido que era, se puso rojísimo y apenas pudo estirar su mano cuando Rafa los presentó. No había duda de que Agueda era una chica muy bonita, con el pelo rojizo y rizado, los ojos enormes de un verde vivaz, y una mirada de cierta malicia al mismo tiempo virginal. Hoy especialmente se veía bonita, con ese vestido el cual, como ella misma informo a la familia de Rafa y a los Baruqui, se confeccionó usando una vieja máquina de coser que su abuelo le enseñó a utilizar con destreza.

De sus hombros descubiertos por los tirantes de su vestido se dejaban entrever unos hermosos y femeninos hombros, cubiertos de coquetas pecas color marrón que anunciaban prometedoramente el cuerpo de una hermosa mujer. Rafa y Abdul no dejaban de mirar furtivamente esas pecas tostadas por el sol.

Beatriz también lucía muy bella, no paraba de dar viajes desde la cocina hasta el comedor mientras que los jóvenes devoraban uno tras otro los pedazos de pizza entre chistes que el buen Plinio soltaba a diestra y siniestra acompañados de muchas risas. Rafael no podía contener la felicidad que le escurría por todas partes de su cuerpo, la llegada también de su linda amiga acabó por hacer perfecto ese día.

"Ahora vamos a jugar a las cartas…"

Dijo Agueda después de terminada la comida.

Se fueron a sentar los cuatro muchachos en la mesa de jardín de la mamá de Rafa, y Agueda extrajo de su bolsa de mano un inusual juego de cartas al parecer diseñado también por ella misma. Comenzó a barajarlas con gran destreza y luego las repartieron.

"Esa niña tiene algo muy particular…."

Dijo Beatriz mientras ella y Tomás tomaban café desde la sala de la casa y los veían jugar en el jardín.

"¿No estarás celosa de tu hijo que hasta ahora ha sido sólo para ti…?"

Repuso el marido.

"Te aseguro que no es eso, hay algo distinto en esa niña, no puedo explicarlo, no es nada malo, estoy segura, pero de todos modos siento algo diferente con ella, con los otros muchachos no es así...."

"Es que ella es mujer..."

Completó Tomas de una manera que insinuaba sentimientos de celos en Beatriz.

En el jardín, el grupo continuaba con la sesión. Agueda se sabía muchos juegos con las cartas, sin embargo pronto los pusieron en práctica todos hasta el punto de comenzar a distraerse hablando de otras cosas.

"Ahora les voy a adivinar el futuro... -Dijo Agueda para evitar que el grupo se aburriera-. Vamos a darle otro uso a estas cartas."

Les pidió uno por uno a los muchachos que eligieran seis cartas cada uno sin verlas todavía. Luego les hizo que las voltearán y las acomodaran en dos hileras de tres cartas cada una. El primero al que le tocó el turno fue Plinio:

"Eres una persona con enorme sensibilidad. -Señaló Agueda al mirar las cartas como si estuviera leyendo en un conocido libro de recetas de cocina-. También piensas demasiado, es por eso que en ocasiones no logras el equilibrio. Pero hay algo más...."
-Plinio estaba fascinado, en un estado casi hipnótico-. "Hay un amor nuevo en tu vida, y debes tener cuidado, porque si sigues pensando tanto puedes tropezarte..."

"¿Y qué puedo hacer?"

Preguntó Plinio

"Lo primero es no sólo usar la cabeza. –dijo ella-. Debes aprender a hacerle más caso a tu corazón, porque eres una persona muy sensible. Si piensas demasiado caerás en el extremo de ignorar tus sentimientos y eso es peligroso, o luego podrás caer en el lado opuesto, en dejarte atrapar absolutamente por tus emociones".

"¿Pero qué podría hacer..?"

Volvió a insistir Plinio.

"Debes equilibrarte, no usar tanto tu cabeza para no dejarte atrapar solo por tus sentimientos. Piensa y planea desde luego, pero también deja que tu corazón hable…".

Plinio se quedó en silencio.

El turno siguiente fue para Abdul.

"Tú eres un joven también muy inteligente, mucho más conciente de tus emociones que tu hermano, pero muy tímido. Pronto tendrás que enfrentar situaciones donde deberás superar tu timidez…"

Abdul se incorporó en una actitud que ni Rafa ni Plinio vieron nunca en él.

"¿Qué es lo que me espera?" Preguntó Plinio intrigado.

"Es mejor que no lo sepas a ciencia cierta –respondió Agueda-. Sin embargo deberás estar muy atento para cuando se presenten estas situaciones en las que deberás dejar tu timidez de lado y tomar lo que te corresponde…"

Esta chica, más que una joven de quince años parecía una pitonisa, una bruja o una terapeuta con muchas más vidas vividas y acumuladas en su bello cuerpo.

Luego siguió Rafa.

"Eres un muchacho también muy sensible e inteligente, por eso te entendiste bien con estos dos –dijo señalando a Plinio y a Abdul- pero debes animarte a salir mucho más de tu casa, separarte cada vez más de tu mamá -Añadió en voz notoriamente más baja.- Llegará el momento, e incluso ha llegado ya, en que tengas que vivir cosas nuevas en lugares desconocidos, que a lo mejor puedan darte miedo."

Rafa no dijo nada, sabía que la profecía ya estaba en marcha.

Antes de terminar con Rafa, Agueda se quedo en silencio muy pensativa.

"¿Qué…?" Preguntaron todos.

"Hay algo más para Rafael: más animales todavía…"

"¿Más…?" Interrumpió Rafa.

"Más animales, más amistades y un amor, un amor en el futuro, por lo menos es lo que puedo leer yo aquí…"

3

Todo lo que existe es vibración. El Universo entero es una sinfonía resultado de las notas musicales que produce cada uno de los seres que la integran. Es por ello que quien puede armonizarse conscientemente con el ritmo del cosmos ya no tiene que efectuar obra alguna: practicara la no acción y sin embargo nada quedará sin realizar.

(ANTONIO VELASCO PIÑA – Regina)

El abuelo de Agueda era lo que podríamos llamar un brujo. Se llamaba don Conrado. Durante casi quince años trabajo en una envasadora de aceite de la antigua zona industrial de la ciudad, dando mantenimiento como mecánico a grúas y montacargas. Luego de un triste accidente de autobús en que su hija y el marido, padres de Agueda fallecieran cuando esta era apenas una bebita, don Conrado todavía en una edad productiva, obrero calificado y viudo, se hizo por completo cargo de la crianza y la educación de la muchacha.

No tenía más estudios que su experiencia como aprendiz en el mantenimiento de las poleas y los motores de las grúas industriales, pero desde joven se preocupo por mantenerse informado, tanto de su propio oficio, como extrañamente, del estudio de diversas tradiciones espirituales: desde la propia Biblia, pasando por los Vedas, el Tao, el budismo, la alquimia medieval y las tradiciones de la medicina antigua mexicana. Aunque humilde su casa, él recolecto durante muchos años una importante biblioteca de volúmenes referentes a mecánica, matemáticas aplicadas, mantenimiento industrial. Pero igualmente tenía incontables libros sobre medicina con hierbas, masajes, curaciones mediante energía, parapsicología, espiritismo, cultura maya y tolteca, magia blanca, alquimia, una buena colección de *Biblias* de ediciones raras, el Corán, etc.

Con una hábil inteligencia, y una no menos desarrollada intuición, consiguió mediante su experiencia, conocimientos y bondad, que se le asignara el puesto de jefe de mantenimiento de la fábrica, en la época en que Agueda crecía bajo sus cuidados. Al mismo tiempo que después de trabajar ayudaba a su nieta a realizar las tareas de la escuela y la alimentaba, también dedicaba varias horas de la noche al estudio de diversas corrientes de pensamiento espiritualista.

Lo hacía sin una intención determinada, sin guía y sin una ruta preestablecida, visitando librerías esotéricas, bazares de libros antiguos, quedándose fascinado por lo que descubría y sin saber a ciencia cierta para qué llegaría a servirle toda aquella inusual colección de información. Entrando en ocasiones en angustiantes confusiones que lo hacían alejarse de esas lecturas por mucho tiempo, temeroso de la locura o de develar prohibidos secretos a los cuales los profanos no debían adentrarse. Pero luego volvía entusiasmado y frenético, leyendo con hambrienta curiosidad uno y otro libro esotérico o místico que cayera en sus manos.

Cuando Agueda tenía nueve años don Conrado resbalo desde lo alto de una enorme grúa, cayendo de una altura de seis metros, no sin antes golpearse con el armazón de la máquina varias veces en la cabeza y la columna vertebral.

Al borde de la muerte, quedó inconsciente durante varios días, o por lo menos eso pensaron sus compañeros de trabajo y los médicos. Agueda estuvo con él día y noche, mientras don Conrado, entubado, con el cuerpo roto y el cráneo magullado, a pesar de todo y aunque nadie lo creyese, podía darse cuenta en importantes lapsos de tiempo de todo lo que decían los médicos, de la presencia de sus compañeros de la fabrica que le visitaban, de que la empresa alegó negligencia laboral del trabajador y escabulló la responsabilidad de asumir el accidente e incluso de pensionarlo definitivamente por incapacidad. En ese estado, en el que curiosamente no sentía dolor alguno, a ratos inconsciente y en momentos con una lucidez que nunca antes le iluminó, pidió a Dios y a la Virgen a quienes vivía consagrado, con rezos desesperados, que no se lo llevaran, puesto que su nieta de nueve años que ahora prácticamente vivía en el hospital, se quedaría huérfana y desamparada.

Después de dos semanas, en un estado de obnubilación y de ir y venir en la consciencia, entre recuerdos de su propia vida que se sucedían de manera automática, y las voces de médicos y de Agueda que nunca dejó de hablarle: "¡Te vas a aliviar abuelito, vas a ver que si…!" repetía la niña, don Conrado obtuvo por fin una respuesta:

"Hola…, yo no soy Dios, pero soy un enviado, así que no tienes porqué asustarte…."

"¡Como no voy a asustarme…!" afirmo don Conrado espantado. "Si nunca había escuchado que me hablaran dentro de mi cabeza, y yo ya casi estoy muerto, no tendría porqué estar oyendo esto…"

"No te preocupes ya, aflójate, relájate, no te vas a morir, te vas a curar…"

No era un rostro definido, ni una imagen muy clara, lo que se le presentaba era una especie de puerta entreabierta, medio borrosa, de la cual provenía una voz que le hablaba en lengua inglesa. Don Conrado aprendió el inglés cuando en su adolescencia libró la frontera para trabajar en los Estados Unidos durante varios años, en donde antes de regresar a su país aprendió de distintos maestros mecánicos el oficio del que ahora vivía. También aprendió en ése tiempo, por el contacto con obreros de diferentes países y con individuos de muy variados niveles culturales el gusto por los libros. Por eso podía entender perfectamente lo que la voz le transmitía. Este personaje incógnito de voz sumamente grave y de un inglés con acento culto y neoyorkino, se llamaba Scott Orourke. Mr. Orourke era un oficial de la marina norteamericana, nacido en Manhatan y con una carrera universitaria en ciencias políticas. Tenía orígenes irlandeses por una rama y judíos por la otra. Cuando Estados Unidos comenzó a enviar jóvenes soldados a Vietnam, Mr. Orourke aplaudió la iniciativa bélica, despreciando y confrontándose con sus compañeros y profesores demócratas y pacifistas, opositores a la guerra, quienes desde su punto de vista eran traidores a la patria. Apenas entrados los treinta años, tras presentar un tesis doctoral sobre conflictos bélicos donde defendía una serie de ideas a favor del intervencionismo militar estadounidense, sustentadas en la superioridad moral del pueblo anglosajón, Mr. Orourke se enroló como oficial de marina.

Con una aguda inteligencia y gran capacidad de adaptación, además de su convencimiento de que a través de la guerra conjuntaría tanto sus intereses intelectuales como sus ideales políticos, logró ganar el respeto de sus superiores pero el desprecio de sus compañeros militares de diversas razas y culturas, quienes fueron reclutados de manera forzosa.

Fue enviado en una misión como infante, portando un radio comunicador y un rifle en un grupo muy heterodoxo cultural y racialmente donde él era el único anglosajón: mexicanos, salvadoreños y soldados de color eran sus compañeros pese a su disgusto. Una bala de manufactura checoslovaca le perforó el vaso y otra le destrozo un testículo. Los *vietcongs* acabaron con su patrulla en una emboscada con una rapidez en la que apenas se dio cuenta de lo que sucedía. Dos soldados compañeros de patrulla de origen mexicano a quienes ni siquiera dirigió la palabra jamás, únicos sobrevivientes de un batallón de treinta hombres, mal heridos pero con la suficiente energía para huir de las guerrillas vietnamitas, lo arrastraron desangrándose durante cuatro días desde la frontera norte de Vietnam, deteniéndose apenas para tratar de frenar sus hemorragias con hojas de helecho y musgo.

El dolor de su testículo reventado era lo más horrible que sintiera jamás, ni las muertes de los aldeanos asiáticos ni las de sus compañeros le doblegaron y conmovieron tanto como el propio dolor de sus órganos genitales mutilados.

Al quinto día los mexicanos: Alvarado como se hacía llamar y Domínguez alcanzaron el primer campamento norteamericano. Luego de una muy penosa recuperación, avergonzado no sólo por el impacto en su virilidad, sino por sus acciones y juicios anteriores, concluyó que no necesariamente su personal moralidad y excelencia anglosajona eran las mejores posiciones desde donde juzgar los hechos y a la gente. Incluso resolvió que la guerra era un total y estúpido error, pero ya era demasiado tarde para dar marcha atrás.

Conforme convalecía, débil, avergonzado y desilusionado de todo, comenzó a leer cuanto libro de historia de América Latina, de Asia y África caía en sus manos. En cuanto pudo caminar se acerco a Alvarado y a Domínguez para agradecerles. No sólo aceptaron las gracias, sino que ese par de divertidos latinos acabaron aceptándolo como amigo. Mr. Orourke pasó dos años más en una otra patrulla, leyendo cosas sobre México, América Latina, África, cargando siempre su *Laberinto de la Soledad* de Octavio Paz, su *Condenados de la tierra* de Franz Fanon, sus *Venas Abiertas de América Latina*, de Eduardo Galeano, tratando de entender, conocer y ayudar con su amistad a cuanto soldado de color, latino o asiático se encontraba. Hasta que una bala de origen soviético del *vietcong* entro en su nuca, de nuevo justamente en una misión en el norte de Vietnam. No sintió dolor. Ni él ni el par de mexicanos amigos suyos regresarían jamás a América ni siquiera como cadáveres para recibir sus honores.

Mr. Orourke le dijo a don Conrado que le ayudaría además de con su propia recuperación, a lograr el alivio y la cura de muchos otros. Don Conrado despertó al siguiente día para alegría loca de Agueda. Sorprendiendo a los médicos, al mes pudo levantarse lentamente de su cama, espantando a especialistas y enfermeras, pues su columna vertebral estaba según las radiografías seccionada. En dos semanas más estaba ya de nuevo en su casa, caminando y rehabilitándose rápidamente. La gente de las humildes colonias aledañas a la zona industrial, donde vivían don Conrado y Agueda, pronto escuchó de la milagrosa cura y no tardaron en acudir a confirmar aquel suceso milagroso. Don Conrado atendió por primera vez en esos días a una anciana con la cadera fracturada, operándola con un cuchillo de montaña, en medio de un trance en el que Mr. Orourke todo el tiempo le daba indicaciones acerca de qué hacer, amable y paciente, a pesar de que en ocasiones don Conrado sintiera miedo de abrir un cuerpo humano e introducir sus dedos en la incisión y atar con alambres un fémur desquebrajado de más de ochenta años de vida. Pero Mr. Orourke impasible, cálido y tranquilo le alentó a seguir por el bien de la anciana, con indicaciones precisas.

A partir de ahí comenzó su vida como sanador y brujo, atendiendo personas de todos los orígenes sociales y culturales, aunque alguien pueda dudarlo, guiado por la voz de Mr. Orourke. En ocasiones discutían acaloradamente el uno con el otro por no ponerse de acuerdo antes de abrir un estómago, o extraer un hígado infectado, pero siempre acababan entendiéndose mutuamente y Mr. Orourke brindaba además de sus conocimientos, alentadoras palabras de ánimo dichas en un inglés perfecto y elegante.

4

El perro David, ágil y atlético saltó nuevamente la cerca de alambre para introducirse en el enorme lote baldío, los muchachos iban tras de él, caminando lo más rápido que podían pues era muy difícil seguirle el paso. Oliver iba con ellos también, caminando hasta adelante pero sin alcanzar a David, inquieto como siempre. Rafa, Plinio, y Abdul pasaron tras de Oliver por un agujero en el alambrado e hicieron esfuerzos por no quedarse atrás ni perderlos de vista.

David era capaz de librar cercos, barricadas, saltar montículos de basura y arena sin agitarse. Rafael pensó que era el animal más valiente que jamás conociera, más valiente que todos los demás perros del mundo y que todos los seres humanos de la tierra.

Oliver parecía el único que podía seguir el paso al veloz animal, en cierto modo ambos eran parecidos: ligeros, veloces, con movimientos llenos de gracia, belleza y agilidad, siendo cada uno al mismo tiempo un hermoso ejemplar de su especie. Cada uno creció a su manera solo y en la calle. David era un perro nacido en un viejo depósito de gasolina, único sobreviviente de una camada de ocho hermanos, condenado desde que era un cachorrito a deambular por los barrios buscándose qué comer, esquivando las piedras que le arrojaban los seres humanos, aprendiendo a cruzar calles sin que lo matasen los autos, durmiendo en lugares abandonados como éste terreno baldío.

Oliver por su parte, aunque tenía a sus padres, estos no le prestaban demasiada atención, los dos eran profesores e investigadores universitarios, siempre con mucho trabajo para jugar o estar con el chico. Oliver creció bajo la vigilancia e indiferencia de diferentes cuidadoras. Escapaba desde los seis años de su casa para salirse a la calle y trepar árboles o correr tras las numerosas camarillas de muchachos callejeros, jugando a evadir el peligro, sin prestar la menor atención a la escuela, aprendiendo de manera empírica y práctica la sabiduría más descarnada de la vida, sin más tutoría que las muchas horas frente a la televisión, la computadora o su aparato de juegos de video.

Plinio caminaba hasta el último del grupo, iba angustiado e incómodo. Le hacía sufrir demasiado la indiferencia con la que Oliver lo trataba cuando estaban frente a otras personas. Oliver podía ser sumamente cariñoso y cercano cuando estaban solos, incluso sensual y atrevido en la intimidad, pero indiferente y hosco cuando estaban con otros chicos y mucho más frente a los adultos. Aunque nunca hablaron al respecto, Plinio por una parte sabía que no podría andar por la calle tomando de la mano a otro chico o besándolo, aunque lo quería, por lo menos no en una sociedad católica, casi medieval en sus juicios como esta. Él era lo suficientemente inteligente para entenderlo de manera racional. Pero por otra parte sufría cuando estaban junto a otras personas y Oliver adoptaba su papel de adolescente masculino y machista, distante e incluso hostil hacia él.

Oliver acabó siendo aceptado por el grupo cuando Plinio se los presentó a Rafa y a Abdul, pero nunca les dijo nada más allá de que era un buen amigo a quien conoció en el acuario.

Aunque desearía contar todo acerca de cómo se sentía y expresarse libremente frente a su amigo Rafael y su hermano Abdul, un horrible sentimiento de temor a ser rechazado y abandonado por ellos le impedía contarles cualquier cosa. Luego estaba también lo que pensaría su padre don Baruqui si se enteraba.

David se deslizo por una apertura entre las ramas, caminó a través de una vereda al parecer trazada por mano humana, pero no recorrida con mucha frecuencia por los hombres sino más bien por los animales. Llegaron a la vieja caseta abandonada donde ocurrió su último encuentro amoroso con la perra, del cual tuvo que salir huyendo medio herido por una jauría.

Y ahí estaba ella de nuevo.

La perra pinta tenía ya casi dos meses y medio de embarazo, en cuanto percibió ruidos y el familiar olor de David, salió a su encuentro desde el interior de la vieja caseta donde vivía. La pobre se asemejaba a un tinaco a punto de desbordarse, gordísima por los cachorros que cargaba en su vientre, loca de contenta al encontrarse con David, moviendo su cola descomunalmente en un sacudimiento de su gruesa cadera, y agachando las orejas en señal de reconocimiento y simpatía.

Cuando descubrió que David iba acompañado por los chicos no pareció sorprenderse, aunque no los había visto nunca, se acerco amistosamente, contoneándose y sacudiéndoles la cola en señal de agrado. Era menester reconocer que aunque era también una perra corriente y mestiza, el embarazo y una simpatía natural en ella la hacían ver como un animal hermoso y lleno de gracia.

Rafael descubrió la razón por la que David se escapaba inexplicablemente de la casa.

Pero la naturaleza inquieta e impredecible de Oliver le hizo realizar algo inesperado: se agachó para tomar una piedra apenas vio a la perra y se la arrojó sin razón alguna haciendo que la roca pegara en su lomo. La Malinche, como la bautizaría Rafael más adelante pegó un alarido que casi parecía gemido humano, y corrió a esconderse en la caceta de donde había salido, sin saberse explicar porqué estos muchachos con los que se mostró amistosa la agredían.

Ocurrió todo eso tan rápido que los otros chicos no supieron qué hacer en un inicio, llenos de miedo, puesto que ninguno de los tres era capaz de realizar algo así, ellos tres más bien eran amantes y amigos de los animales.

Oliver tomó un enorme palo, parecía transformado en otro ser, convertido en un personaje mucho más grande de edad y malvado, venido de un mundo lejano.

Plinio lo vio hace tiempo pelear con otros chicos y derrotarlos cruelmente, o comportarse sexualmente como si lo habitaran una multitud de demonios condenados y encerrados en su delgado cuerpo.

Plinio se asustó y molestó mucho con Oliver cuando en ocasiones, por pura diversión, extraía del acuario de su recámara algunos de los hermosos peces japoneses recién comprados en el acuario de don Baruqui, para luego abrirles el vientre sin piedad, o sacarles un ojo simplemente por diversión y luego devolverlos vivos a la pecera.

"Hay que detener la sobrepoblación de perros" Se dijo Oliver más bien a sí mismo sin tomar en cuenta a los otros y se dirigió a la caseta en busca de la perra para matarla.

Rafa, que casi nunca se confrontó físicamente con un muchacho, y menos con alguien un año mayor que él, y mucho más vivido y malicioso, corrió tras de Oliver sin pensarlo y agarró el palo por el otro extremo del que lo sostenía el imprevisible amigo de Plinio, para evitar que hiciera daño a la perra.

Oliver reaccionó dando un fuerte punta pié en la rodilla de Rafa y este cayó al suelo llorando.

La situación era demasiado agresiva e inesperada, todo comenzó como una aventura de exploración en la que los cuatro planeaban divertirse.

Abdul indignado por el ataque a su mejor amigo, se lanzó sobre Oliver empujándolo hasta casi hacerlo perder el equilibrio, pero aquel tenía perfecto control de su cuerpo, y apenas dejo de tambalearse por el fuerte empujón y dio con el garrote un preciso golpe en el hombro del más joven de los Baruqui, haciéndolo caer al suelo también, llorando y lastimado.

Plinio no sabía qué hacer, parecía como paralizado, sólo contemplaba lleno de miedo y congelado.

David, que era el perro más valiente se lanzó sobre el ahora enemigo y acertó una durísima mordida por detrás, en la zona lumbar de la espalda de Oliver abriéndole la carne. Este dio un gritó lastimero que les hizo recordar a todos que apenas era un muchachito de quince años, un niño todavía. Con lágrimas de dolor Oliver se quitó a David dándole en el hocico con el palo. El perro no se quejó. Oliver intentó asestarle ahora un fuerte garrotazo en la cabeza a David, pero el rey de los perros lo esquivó y se echó para atrás, gruñendo enloquecido y mostrándole toda la amenazadora extensión del bosque de sus afilados colmillos, listo para saltarle encima y matarlo si fuera preciso por defender a su amo y a sus amigos. Oliver avanzo para tratar de volver a atacar a David, pero entonces entró Plinio el filósofo, Plinio el jurista, Plinio el luchador.

El puño golpeó como el rayo de un dios griego en el riñón de Oliver. Don Baruqui los enseñó a luchar a la usanza olímpica, así como a utilizar sus puños como cualquier boxeador profesional.

Hasta que no recibió ese golpe en una parte tan sensible de su cuerpo, Oliver pareció cobrar conciencia de que aquellos a quienes atacaba eran sus amigos, miró a Plinio como sin entender la agresión de este, sorprendido y al mismo tiempo sin poder explicar lo ocurrido. Plinió dio un rodillazo en la entrepierna de Oliver lastimándole los testículos y haciendo que soltara el palo, luego, conmocionado y sin aire, lo inmovilizó con una llave macedonia.

David se lanzo también, ya enormemente contagiado de agresividad y enojo y le agarró un pié con furia, como queriéndoselo despedazar. Logró arrancarle el zapato en medio de gruñidos que parecían los de un lobo furioso, pero Plinio levantó el cuerpo de Oliver como si fuera un muñeco y lo apartó para que el perro ya no lo agrediera.

"¡¡¡David!!!" Grito Rafael llamándolo todavía con la voz quebrada por el dolor y el llanto.

Abdul seguía retorciéndose con su hombro lastimado, llorando. Rafael al mismo tiempo que seguía llamando a su perro se acercó a Abdul y comenzó a acariciarle el hombro y la cabeza para que se tranquilizara. David después de varios ladridos e intentos de quedarse con una pierna del agresor fue con Rafa y Abdul, y se estuvo con ellos todavía gruñendo con las pupilas dilatadas e inyectadas de odio.

Plinio tuvo inmovilizado a Oliver hasta que este recupero lentamente el aire y aflojó su cuerpo.

"¡Suéltame…!"

Dijo lloriqueando.

"¿Si te suelto no vas a molestar a nadie más….?"

Preguntó Plinio

"Te prometo que no…"

Respondió Oliver ya mucho más tranquilo.

Plinio aflojó los brazos con los que le tenía sujeto por el cuello y un hombro. Apenas se vio liberado, Oliver salió corriendo todavía lastimado por golpes y mordeduras. Cojeando, sin un zapato se perdió en el camino por el que llegaron los cinco. David intentó seguirlo para ajustar cuentas pendientes pero fue detenido por las órdenes de su amo. Plinio estuvo a punto de salir también corriendo tras de él, no obstante, un instinto de protección le hizo ir hacia su hermano y ver cómo estaba.

Abdul resultó con una dislocación simple en el hombro. Don Baruqui muy enfadado cuando se enteró, dijo que desollaría a ese chamaquito nada más se volviera a parar en el acuario. Plinio no dijo una palabra, ni a su papá ni a su hermano ni a Rafa. Permaneció muchos días encerrado en la biblioteca del acuario, metido en la computadora o leyendo si hablar con nadie. Presa de confusos sentimientos, permaneció silencioso y evasivo también en la escuela.

5

La conducta de Oliver aunque sorprendió y asustó a Plinio, tampoco era tan inesperada si se le relacionaba con acontecimientos que vivieron juntos previamente.

Un domingo en el que semanas antes de la confrontación en el lote baldío, Oliver los invitó a jugar con su nuevo aparato de video en su casa, llegaron los padres de este. Los señores eran investigadores universitarios y rara vez estaban en su casa y con el chico, por lo general incluso los fines de semana y las vacaciones la pasaban fuera de la ciudad, en congresos de medicina. Oliver ya incluso se molestaba cuando estaban en la casa, porque la consideraba como parte de un territorio que solo era suyo.

Rafael, Plinio y Abdul aunque no muy interesados en los juegos de video estaban encerrados en la recámara del anfitrión jugando con él cuando entraron los padres de Oliver.

La señora, una doctora investigadora que la mayoría del tiempo era indiferente hacia él, muy seria y formal llamó al muchacho. Pero hoy su tono de voz denotaba una simpatía por el niño más bien anormal, exagerada y fingida. Oliver sabía que la doctora sólo le hablaba así cuando se sentía culpable después de muchos días de alejamiento y de dejarle solo, o cuando había visitas.

Ese día se trataba de lo último.

"¡Oliver, baja a saludar a tus primos!" Dijo la doctora.

"Ahishhhh…." Respondió molestó Oliver.

Los cuatro muchachos bajaron a saludar, Oliver a regañadientes, pues odiaba tanto a sus tíos como a sus molestos primos. Pero como ya sabemos era un excelente actor, y con enorme hipocresía, muy desarrollada y aprendida, saludo a su madre en la mejilla, comportándose como el muchacho más decente y educado, incapaz de todas las cosas que Plinio le conocía.

Rafa, Abdul y Plinio se presentaron muy educados. La tía de Oliver, una enorme vaca con la cara inflamada y que parecía estar siempre ruborizada, tal vez víctima de un trastorno hormonal, saludó a los chicos.

"Tía, ¿cómo estas?..."

Dijo Oliver fingiendo que en verdad le alegraba ver a su tía y a sus primos.

El tío estaba con el papá de Oliver en la cantina al otro lado de la sala sirviéndose unos tragos. Oliver presentó a sus amigos, fingiendo un tono sumamente amable de voz, con el que Plinio alcanzó a presentir que planeaba algo terrible.

Los primos, Piter y Christian, un par de gemelos hiperactivos e incapaces de mantener la atención enfocada en algo por más de dos segundos, de la misma edad de Rafa, ni siquiera saludaron a Oliver ni al resto de los chicos. Corrieron hacia la habitación de Oliver y se apoderaron de los controles del juego de video, sabiendo perfectamente donde estaba todo.

Ya los seis muchachos apretados en la recámara se metieron en una extraña situación. Piter y Christian no soltaban los controles del juego, no miraban hacia ningún lado ni respiraban ni parpadeaban, siguiendo obsesivamente la secuencia a un sangriento juego de luchas entre guerreros.

Piter ni se inmutó cuando Oliver le metió la mano en la entrepierna para apretarle el pene. Oliver soltó una carcajada, Abdul y Rafa se miraron sin saber qué decir, y Plinio recordó alguna conversación en la que Oliver presumía de haber iniciado sexualmente a dos de sus primos. Plinio por fin sabía de quiénes se trataba.

Al cabo de casi cuarenta y cinco minutos, en los que Rafa y los Baruqui ya estaban enfadados de sólo ver jugar a los primos, Oliver echo a andar su plan. Bajo por las escaleras hacia la sala y se aproximo a su tía y luego dijo con la voz más inocente que logró emitir:

"¡Tía, Piter y Christian se están portando mal...!"

Nadie le hizo caso. Los adultos parecían ignorar la existencia de los muchachos. Luego regresó a la recámara y se dirigió a los tres amigos:

"Escuchen bien y diviértanse, ahora viene lo bueno..."

Oliver bajó y casi gritó para que su enorme tía le prestara atención y también lo oyeran sus amigos.

"¡Tía, Christian le pidió a Piter que se bajara los pantalones....!"

"¿Qué...?"

Parecía no entender en un principio la señora, interrumpiendo forzadamente una charla con la doctora en la que se actualizaban de chismes.

"Si —prosiguió Oliver con voz que aparentaba inocencia y candidez- Christian le pidió a Piter que se bajara los pantalones y que se agachara boca abajo, con el culo hacia arriba. Luego le metió varias veces el dedo meñique y se agarraron riendo ambos. Piter estuvo diciendo ¡qué rico qué rico!...."

La tía lo miraba con la boca abierta y abría unos ojos tan grandes como planetas hinchados, sin saber si le estaba hablando en otro idioma. Oliver continuó:

"Luego Christian fue el que se bajó los pantalones y le ofreció el culo a Piter, y este le metió el dedo menique hasta el fondo...."

"¡Idiotas....!, con razón ya los veía medio raros yo al par de maricones...."

Grito el tío y padre de los gemelos dejando su trago y desabrochándose el cinturón para utilizarlo como arma correctora. La tía sin decir una palabra subió las escaleras torpemente tras de su marido. Después de unos minutos se escuchó un horrible alarido, como si mataran a una persona o a un animal de origen porcino.

Abdul, Rafa y Plinio, que escucharon toda la escena, sin decir una palabra se refugiaron con rapidez detrás de la cama cuando el tío asestó un fuerte fajazo en la espalda de Christian.

"¡Joto depravado… si ya los había visto besándose en la alberca el otro día y se los advertí que no lo volvieran a hacer!, ¿Qué no les sirvió ir con el psicólogo?"

Gritó el señor.

Piter más rápido que su hermano esquivó el fajo dejando el control del video juego, luego tomó un enorme samurai de entre los juguetes de Oliver y se lo arrojó a su papá en plena frente dándole con mucha fuerza. El papá pareció confundido y Christian se lanzó sobre él haciéndolo caer sobre la cama para tratar de ahorcarlo. Luego entro la tía y se lo quitó de encima jalándolo de los cabellos con fuerza descomunal hasta casi arrancarle la cabellera.

"¡¡PENDEJA….!!"

Grito Christian en un alarido que se apodero de la casa, como salido de la película del *Exorcista*.

Piter escapó corriendo del cuarto y luego de la casa, evadiendo a sus padres y perdiéndose hacia la calle. La señora sacó arrastrando de los cabellos a Christian como un trofeo aborigen de caza, quien seguía gritando como poseído por el mismísimo Legión. El muchacho con los pies, enfurecido alcanzó a agarrarse de una mesa de la mamá de Oliver cuando ya lo llevaban hacia la calle, y tiró un par de jarrones chinos y luego al paso pateó un espejo enorme hasta hacerlo mil pedazos.

"¡Pendeja, estúpida puta….!"

Le gritaba a su propia madre. El tío bajó todavía confundido por el golpe y se disculpó con los doctores, con unas breves frases antes de desaparecer hacia la cochera y su camioneta, donde la tía ya metía forzosamente entre gritos a un Christian fuera de sí.

Ni Rafael ni Plinio ni Abdul presenciaron jamás situación parecida en sus casas.

"¿Lo hiciste a propósito no?, ¿Nada de lo que dijiste era cierto verdad?"

Preguntó inquisidora y nerviosa la doctora a Oliver, al mismo tiempo que dudando de lo que le decía a su hijo. Pero Oliver parecía imperturbable y sereno. Luego el chico pronunció con sumo descaro y tranquilidad:

"Yo sólo dije que Piter me lo había platicado, no que en verdad lo hicieron…, o ya no sé si me lo platicó o no…, no sé ni me importa…"

Respondió indiferente y subió antes que la doctora pudiera agregar algo más, para encerrarse en la recámara con los tres amigos a seguir jugando como si no hubiera ocurrido nada.

6

Cuando Rafael conoció a don Conrado estaba temblando de miedo. Agueda le dijo sin miramientos a lo que se dedicaba y de lo que vivían, y Rafa se imaginó que un brujo era la reencarnación de oscuras fuerzas desconocidas e impredecibles. Pero lo que vio le conquistó el corazón inmediatamente.

Agueda lo introdujo a través de la vieja casa en la zona industrial, compuesta por un largo pasadizo de gruesos muros hasta llegar a un enorme patio. En el corral había un improvisado tejado de láminas que servía como terraza y de cuyas columnas de viga colgaba meciéndose una hamaca en la que Rafa adivinó que el brujo pasaba largas horas descansando y durmiendo. En el patio se encontraba todo un huerto de plantas medicinales y flores sembradas sobre macetas y botes de latón. Cerca de la terraza una veintena de jaulas que contenían a cientos de canarios y periquitos australianos formaba un cálido coro que abrazaba el ambiente. Una multitud de gallinas y pollitos se congregaba alrededor de un anciano quien extendía sus manos para dejar caer el maíz y la pastura.

Don Conrado los recibió con una dulcísima sonrisa y se limpió las manos sobre el pantalón para saludar a Rafael.

Luego descubrió que además de los pollos, canarios y periquitos, don Conrado tenía cinco gatos, un enorme y viejo perro llamado Kennedy que no hacía más que dormir, tumbado bajo la terraza sin siquiera abrir los ojos cuando un par de gatitos se le subían para tirarle los cabellos. También había un trío de gansos y dos patas que se acercaron a picar el zapato de Rafa; y en el fondo del patio, por encima de la cerca de un pequeño chiquero asomaban su trompa y gruñían cuatros cerdos ya de buen tamaño.

Rafa dejó de tener miedo, y como buen amante de los animales se dedicó a observarlo todo con entusiasmo. Uno de los gatitos, un atigrado de ojos azules se acerco a Rafa y le llamo con delicados maullidos, Rafa lo arropo con sus manos y el gatito se le acurrucó en el pecho.

"Se llama Mercurio… -dijo don Conrado, como en el libro de *Psicología y Alquimia* de Carl Gustav Jung…."

"¿Qué…, de quién..?" Preguntó Rafa.

"Jung….. un psicólogo Suizo que mezcló la alquimia con la psicología. Él dice que el mercurio es el elemento secreto que inicia la vida y estimula el desarrollo de los seres vivos. Este gato es como el mercurio, siempre se mete en medio de todo…."

Rafael lo miró sin comprender muy bien. El gatito le pareció bello y sumamente cariñoso. Mercurio de inmediato se acomodó entre los brazos de Rafa y comenzó a ronronear.

"Quisiera llevármelo…" Dijo Rafa, pero no me dejaría mi mamá, ya tengo dos animales.

"Es bueno –añadió don Conrado, amar a los animales-. Ellos nos protegen. Cuando se muere algún animal de tu casa o se enferma o le pasa algo, es porque ellos se están sacrificando para protegernos. Era un ataque del mal que iba a dañarnos a nosotros o a alguien de nuestra familia, sin embargo nuestros animales se ofrecen para apresar el mal en sus cuerpos aunque tengan que morir para que no nos pase nada a los humanos. Ellos negocian directamente con el diablo y con la muerte. Se sacrifican ofreciendo sus vidas por nosotros. Pero también debes hacer caso de tu mamá."

Rafael se quedó callado y aquellas palabras de don Conrado le conmovieron de tal manera al pensar que los animales se sacrificaban para que no les pasara nada a los humanos, que inexplicablemente se le humedecieron los ojos y no pudo decir ya nada. Pensó en su perro David que más de una vez demostró su capacidad de morir con tal de protegerlo a él junto con sus padres. Una pena por todos los animales que morían protegiendo a sus amos humanos en el mundo, le ahogo la garganta y casi le saca el llanto. ¿Cuán poco les agradecíamos nosotros a ellos? Pensó Rafa por un instante.

"¡Ya basta de seriedades abuelo, vinimos a saludarte no a que nos asustes con tus sortilegios…."!

Dijo Agueda, quien con su extrema sensibilidad percibía la tristeza en el corazón de Rafa.

No había duda de que la intuición de Agueda se iba educando y desarrollando bajo los cuidados del brujo. Tarde o temprano ella lo superaría y acabaría siendo más diestra que el anciano en el arte de entender los problemas y las enfermedades humanas, en hablar con los espíritus, espantar demonios y extender su mirada más allá de todos los mundos físicos y las eras.

"Tienes razón….. Perdonen mi falta de sensibilidad, nada más termino de dar de comer a los animales y pasamos a la casa por un té de guayabas."

El abuelo colocó sobre una barda de adobe una lata repleta de maíz quebrado y pastura, y una veintena de palomos blancos y de ala café se aglomeraron sobre el alimento y lo devoraron como pirañas voladoras apenas había retirado sus manos el viejo.

Don Conrado se adelanto hacia el interior de la casa y el perro Kennedy y los gatos corrieron tras de él. Luego entraron Agueda y Rafael.

Un sentimiento extraño y desconcertante iba acercando cada vez más a Rafa y Agueda. Ella tomaba en ocasiones un papel de protectora ante el alma en apariencia inocente de Rafael. A ella le parecía a veces que un afecto maternal lo unía a él, quien muy poco sabía sobre el mundo real, pero tantas historias de animales, de personajes históricos y literarios conocía.

Podía preguntar a Rafael sobre tal o cual personaje de la *Casa de Usher* del libro de Allan Poe, sobre Julio Verne, o las historias de Emilio Salgari. Sobre un animal en peligro de extinción en los bosques de Tanzania; acerca del nombre científico de un dinosaurio o una mariposa; el nombre completo del último emperador Godo o la vida de Aníbal y los nombres completos de sus hermanos y del Kahn Atila. Pero no podría pedírsele que saliera airoso en una pelea con otros muchachos, o que pudiera cuidarse por sí solo en los barrios viejos alejados de la casa de su madre.

Sin embargo cuando Agueda lo escuchaba disertar sobre la vida de tal o cual especie de mariposa que encontraban, sobre los hábitos de reproducción de un escarabajo o la trama de la novela *Corazón de las Tinieblas* de Joseph Conrad, ella era la que le escuchaba cada vez más cautivada. Entonces lo que sentía por Rafa ya no era sólo un afecto maternal y protector, sino una enigmática atracción por aquel muchachito que parecía poseer una alma de tres mil años de edad atrapada en un cuerpo de catorce.

Se buscaban cada vez más, ella no podía dejar pasar más de dos días sin que sintiera el deseo de llamarlo y salir a charlar con él, recorrer la ciudad caminando, en metro, o dejar de estar en contacto por medio de un mensaje en el correo electrónico. Rafa un poco como desentendido, respondía gustosísimo cada que ella lo contactaba o lo buscaba. La verdad es que cada vez existían menos espacios en su cabeza en que no pensara en ella.

Don Conrado colocó en la estufa varias hojas de árbol de guayaba con leche, y algunos frutos del mismo partidos por mitad. Luego agrego miel de abeja y espero hasta que hirviera la mezcla. El resultado fue un té dulce que Rafa apreció y endulzó sobremanera su garganta y su corazón. Luego Agueda y su abuelo comenzaron a discutir sobre fantasmas, tema que aterraba a Rafa:

"Los fantasmas no pueden hacerte nada hija, hasta pueden ser tus aliados…"

Decía don Conrado.

"Pero debe haber también espíritus negativos.…"

Contradecía ella. Y al escucharla Rafa sentía escaparle el corazón por el vientre, nada más de pensar que uno podría ser atacado por espíritus y demonios agresivos.

"Por eso debe uno hacerse poderoso hija, vencer sus miedos e imponerse sobre la muerte y sobre el diablo….."

"Se le puede uno imponer al diablo…."

Preguntó ahora Rafael.

"No se le puede derrotar literalmente, siempre existirá, pero sí puedes perderle el miedo y saber que no puede hacerte nada mientras no se lo permitas….."

Terminó de decir el anciano.

No cabe duda de que uno parece conocer a las personas y las circunstancias adecuadas que uno necesita para su desarrollo, en el momento adecuado y en el espacio preciso de la vida. Todas estas vivencias y conversaciones nuevas, abrían en su mente un cúmulo de posibilidades mucho más allá de la seguridad y el conocido calor de la casa materna. Justo lo que iba necesitando Rafael para descubrir también dentro de sí mismo aspectos y sentimientos novedosos.

En eso se desató una tormenta eléctrica y Rafael se dio cuenta que estaba demasiado lejos de su casa. Ya eran poco más de las diez de la noche. Bebió de un solo trago todo el resto del té junto con las hojas y los trozos cocidos de guayaba, y tomó su chaqueta para casi salir corriendo. Se despidió del anciano y Agueda fue tras de él para acompañarlo a la estación del metro.

Llovía con cierta fuerza y acabaron empapándose hasta la ropa interior. Rafa no distinguía más que siluetas y sombras por el oscuro barrio industrial. Corrieron bajo el agua y Rafa sintió que la mano de una bruja pelirroja tomaba la suya y entrelazaba sus dedos con los suyos. Corrieron asidos el uno del otro. Simplemente se dejó guiar por ella. El calor procedente de la mano de la bruja acabo calentándolo por dentro aunque el agua estaba helada.

Cuando llegaron a la estación, la puerta del último tren abierta le esperaba.

Entonces la bruja hablo ceremoniosa, agitada por la carrera bajo la lluvia, el cabello empapado, con la respiración ahogada y las pupilas encendidas y dilatadas como las de Sebastián en pos de caza:

"Voy a hacer algo, pero espero que no me tomes a mal....."

"¿Qué.....?" Respondió Rafael queriendo entender.

Y acerco su cara tanto hasta tomar sus labios con su boca y darle un beso. Agueda tan de cerca parecía otra persona, su nariz y sus ojos adquirían una dimensión totalmente nueva para Rafa, pero era también una perspectiva hermosa. El beso se prolongó más de cinco minutos y el tren se alejó dejando a Rafael solo en la estación con la bruja.

7

Entonces Plinio volvió a ver a Oliver. Tenían más de dos meses sin siquiera mirarse desde lo sucedido en el baldío con la perra y la pelea con Rafael y Abdul. Oliver no osó aparecerse por el acuario, ni se atrevió a llamarlo ni a enviarle un correo electrónico. Durante esas casi ocho semanas Plinio sufrió como nunca. Aunque su madre murió de cáncer cuando tenía siete años y su hermano cuatro, y ciertamente había llorado muchísimo, incluso aún se le aparecía la señora Baruqui en sus sueños, y Plinio la llamaba con sollozos, dormido, despertándose por la mañana con los ojos húmedos e inflamados, poseído por una enorme melancolía que luego del sueño no se iba en más de una semana.

No obstante el dolor de no estar con Oliver era mucho más profundo y lastimero, un dolor carnal, de la piel, las entrañas, el pecho, la ingle, los muslos y el alma, como si al salir huyendo definitivamente Oliver se hubiera llevado un pedazo de su ser. Lo terrible era extrañar no sólo la compañía y la persona de Oliver, sino ansiar con su propio cuerpo el de Oliver y morirse por esos labios y esos brazos que lo cobijaron tantas veces.

Plinio fue al cine solo, como solía hacerlo cuando su hermano Abdul y Rafael se quedaban haciendo las tareas de la escuela. Él estaba cada vez más desinteresado de los deberes escolares y las clases. Se refugió en la lectura de novelas y cuentos clásicos, y en mirar y volver a mirar películas solo, en el cine o encerrado en el acuario. Por aquellos días iba formulando en su mente la idea de dedicarse a escribir cuentos y filmar películas, dedicarse al cine profesionalmente y a la literatura. También decidió que no querría seguir estudiando en las escuelas formales a las que iban el resto de los muchachos. Cumpliría en un mes diecisiete años y aunque era una inteligencia superior, reprobó tres años escolares porque sentía que los profesores tradicionalistas y las instituciones escolares retrógradas no le brindaban lo que él necesitaba. Lo había decidido, dejaría la escuela, buscaría un trabajo y se dedicaría a escribir cuentos y a trabajar en el cine.

Con una pequeña cámara digital regalo de don Baruqui, encontró un refugio a sus dolores anímicos haciendo breves cortometrajes en compañía de Rafa y Abdul. Últimamente se dedicaba a filmar en solitario escenas cortas de la vida que llamaban su atención.

Iba saliendo de la sala cinematográfica, con el estuche de su cámara colgando del hombro y con un ejemplar de *Moby Dick* en el otro brazo cuando vio a Oliver que le esperaba en la calle. Se acercaron. No se dijeron nada, caminaron juntos, el corazón de Plinio estallaba de alegría aunque él no lo quería demostrar. Oliver tampoco decía nada, mostraba una actitud sumisa y arrepentida. No era el muchacho altanero y entusiasta de siempre.

"Me voy a ir a Paris…."

Dijo tristemente Oliver.

"¿Tú solo…?"

Interrogó Plinio.

"¿Qué vas a hacer por allá tan lejos, sin tus papás…?"

"¿No te acuerdas que yo no tengo padres? Mis verdaderos padres murieron en Paris hace muchos siglos, fueron asesinados por la inquisición o en la revolución francesa, o los incineraron en un campo de concentración nazi, estos doctores con los que vivo no son más que zombis. Mi verdadera vida está en parís…"

Plinio se quedo callado. Él sí amaba a don Baruqui y a su hermano.

"Ven conmigo, viviremos en Francia….."

Plinio no decía nada. Oliver continuó:

"Tengo una tía muy querida, mi único familiar verdadero, es lesbiana, muy buena gente y muy joven también, tiene veinticinco años y trabaja con su padre un restaurante de comida mexicana en París. Tienes que venir, trabajaremos con ellos….."

Plinio seguía sin responder. Caminaron hasta la esquina de la calle del acuario y Oliver se detuvo porque no quería acercarse más al negocio de don Baruqui, temiendo las represalias del señor libanés. Plinio no decía nada. Oliver se quedo también callado. Se miraban con ojos doloridos. No podían más.

Entonces se abrazaron con voracidad. Cuánto anhelaban verse. Plinio lo beso discretamente en el cuello y le dijo al oído:

"Me voy contigo pues…"

Y Oliver respondió muy emocionado, casi llorando de gusto:

"No tienes idea…, no tienes idea de lo triste, de lo tristísimo que había estado sin ti…. Vas a ver que nos va a ir superbien en París…"

"¿Tristísimo…?

Cuestionó Plinio al separarse de sus brazos.

"Sí, tristísimo". Respondió Oliver.

8

Beatriz resintió un alejamiento cada vez mayor de Rafa, quien hasta ahora solía contarle todo lo que hacía. Beatriz se acostumbró a tener conocimiento absoluto de cada paso que daba su hijo. Se sabía la vida de los amigos de Rafa mejor que ni los propios padres de aquellos por boca de su hijo, y hasta ahora Rafa no hacía ningún movimiento sin que la joven señora no supiera hacia dónde, con quien o quienes y con qué intenciones operaba el muchacho. Por su parte Rafa no se proponía concientemente mantener ningún hermetismo hacia Beatriz. Simplemente las vivencias junto a Agueda iban creando entre ambos una necesidad de intimidad natural cada vez mayor. Aunque a muchos pueda parecernos esto sumamente sano y benéfico para el desarrollo de Rafael, su madre lo experimentaba como una traición y un ultraje a los catorce años dedicados a su hijo.

Beatriz y Rafael pasaron durante años, largas horas hablando de cosas personales, de libros y se contaban todas sus cosas. Sobre todo desde la separación de su primera pareja, el padre biológico de Rafael, Beatriz dio al muchacho más que el papel de hijo, el de un confidente y un amigo. Casi el sustituto durante mucho tiempo de una pareja perdida con quien compartir y hablar. Esto desde luego estimulo el desarrollo de Rafa para escuchar y conversar con los adultos acerca de temas delicados y personales. Lo hizo capaz de entender a las personas mayores y darse cuenta cuando sufrían y necesitaban hablar. Manejaba desde corta edad temas de lo más abstractos y de suma seriedad. Él mismo aprendió a comunicarse desde pequeño con los demás de una manera poco común para un niño. Desde los cuatro años ya daba muestras de ser un geniecillo con el lenguaje. Pero sin quererlo, en su soledad Beatriz lo adultizó al revelarle desde muy corta edad sus más íntimos pensamientos. El resultado era que luego Rafa se comportaba como un pequeño sabelotodo ante sus propios compañeros de la misma edad. Un niño alienado de sus propios contemporáneos e incapaz de entenderse con la gente de su edad y de amistar con ellos. Por eso cuando apareció Tomás en sus vidas fue como un respiro para Rafa, que le permitió ir abriéndose poco a poco hacia nuevos mundos, brindándole el joven matemático a Beatriz el espacio que ella necesitaba para intimidar y convivir con un hombre maduro. Y dejar paulatinamente a su hijo vivir su propia vida.

Cuando Beatriz lo veía llegar cerca de las once de la noche, misterioso y pensativo, o lo contemplaba suspirando y encerrado en la lectura de alguna novela, insistía en que Rafa conversara con ella y se comportara con la misma soltura y sinceridad que siempre. Pero Rafa parecía distante, pensativo y encerrado. Cuando se daba cuenta que no tendría éxito en penetrar la barrera con que su hijo encerraba sus actuales vivencias, Beatriz se recluía en el baño a llorar y ni Tomás podía consolarla. El matemático y esposo trataba de hacerla reflexionar, a veces ella lo escuchaba y parecía darle la razón, puesto que era necesario permitirle a Rafa cada vez mayor espacio, era imprescindible que tuviera más amigos y conviviera con chicas. Esa amiga Agueda, según Tomás era una excelente oportunidad para que Rafael conociera a fondo a las mujeres de su edad y compartiera la amistad con alguien del sexo opuesto. Pero todos estos argumentos racionales no acababan de convencer a Beatriz.

Por su parte Rafa pasaba cada vez más tardes al lado de Agueda. Caminaban juntos por toda la ciudad, en busca de gatitos huérfanos, visitaban a don Conrado, se tomaban las manos, iban al cine y se besaban.

Rafa sabía teóricamente incluso demasiado acerca de la sexualidad humana. Era un experto en la ubicación anatómica de los órganos masculinos y femeninos, el funcionamiento de las células reproductoras, los ciclos biológicos de la mujer y el hombre. Conocía por visitas a páginas pornográficas la tonalidad de la piel en las partes pudendas de las mujeres y practicaba no sin cierta culpa la masturbación. El padre Martín les rogaba que por el amor de Dios se masturbaran, puesto que era mayor pecado reprimir los propios deseos que dar rienda suelta a la imaginación y la actividad de la mano. Rafa se quedaba pensativo en las noches cuando escuchaba desde su habitación los jadeos de Beatriz y Tomás en pleno acto amoroso. Pero el cuerpo femenino seguía siendo para el un enigma fascinante.

Cuando besaba a Agueda era ella quien siempre iba un poco más allá, aplicando todo el arsenal de besos que una chica de quince años puede conocer. Lo cual no es poco en estos días. Y Rafa aprendía, ávido y presuroso.

En una ocasión en que don Conrado andaba alimentando sus canarios y les dejó solos en la sala de su casa, Rafael, en un desplante de deseo, al abrazarla tomo espontáneamente los dos hermosos senos de Agueda por encima de su vestido. Fue casi un accidente, algo no planeado pero sí premeditado por su alma.

"¡Ay perdón.....!"

Retiró sus manos avergonzado, creyendo que invadía algo íntimo en Agueda, como cuando alguna vez descubriera por accidente a Beatriz vistiéndose cuando era pequeño, y su madre lo expulsara con regaños molesta de su recámara.

Pero ahora se trataba de una nueva época en su vida según le confirmara Agueda:

"De eso no se pide disculpas muchacho…."

Le dijo la chica.

Se sintió confundido, sin embargo no podía dejar de mirar el discreto escote desde donde se presentían dos blancos y pecosos pechos.

Agueda cogió la mano de Rafa con la suya y la introdujo bajo su escote hasta que Rafa palpo la forma del más bello montículo ascendente jamás experimentado. La mano de Rafael era más pequeña que la de Agueda, era una mano frágil y fina de un joven intelectual. Comenzó a acariciarla con la dulzura de un músico sobre su instrumento, o de un jardinero sobre sus flores. El pezón de la chica se irguió bajo los dedos de Rafa, como las begonias bajo el cuidado de su amado jardinero, y rafa sintió que algo en su ingle iba se escabulliría.

Luego volvieron a separarse cuando escucharon acercarse los pasos del abuelo. El viejo se les quedaba mirando, sabiendo que algo no muy bueno había hecho este par de adolescentes.

9

Los amigos se reunieron antes del concierto. Hoy tocarían *The Stills* en el Teatro del Seguro Social, sería una velada de *postpunk*, y *britpop*: guitarras distorsionadas, ritmos ingleses y voces al estilo *Beatles*. A Rafa, Plinio y Abdul les agradaba en particular la música alternativa europea y el *underground* americano. Aquella música que raramente se escuchaba en las estaciones comerciales de México. Otra rareza que los unificaba. Por su parte aunque Rafa poseía una de las más importantes colecciones de discos de rock alternativo, nunca antes asistió a un concierto de verdad. Su relación con la música estaba mediada siempre por el reproductor de discos compactos y las carpetas repletas de canciones en formato mp3 de su computadora. Así es que emociones nuevas apretaban su pecho con la misma fuerza que él estrechaba la mano de la bruja.

Con los tres amigos iban Agueda y después de varios meses Oliver. Al parecer las fricciones por la pelea de hace casi diez meses quedaron olvidadas, para respiro de Plinio.

Se reunieron unas dos horas antes en un pequeño café en el centro de la ciudad al que desde hacía tiempo se volvieron asiduos. Para Rafa todo esto era un paraíso. La sensación de comenzar a hacer cosas de adultos, encontrar puntos de reunión lejos de la casa materna en dónde discutir de música, libros, conspirar contra sus padres y las instituciones y sentirse como un grupo de artistas y vagabundos punks. Todos estaban muy alegres, bebían espumosos capuchinos y comían panes rellenos de crema. Hablaban al mismo tiempo, casi gritando, escuchándose poco entre sí, emocionados y felices, vociferando alegres y escupiendo saliva al charlar. También fumaban alguno que otro cigarro aprovechando que sus padres no se los permitirían en sus casas. Faltaba una hora y media antes de que tuvieran que irse a formar en la entrada del teatro para el concierto.

Desde unos seis meses atrás formaron una pandilla de la que ahora Agueda y Oliver formaban parte imprescindible. Era un placer sumamente necesario salir dos o tres veces a la semana todos juntos, entrar al cine y hablar y gritar durante la película, reunirse en la casa de alguien a escuchar música, charlar, hacer bromas, dibujarse tatuajes con pintura vegetal en el cuerpo, jugar a ponerse aretes sin perforación. Eran una tribu de adolescentes adoradores del dios de la vida, los cigarrillos y los capuchinos, el anarquismo juvenil y la música punk.

Solo Agueda estaba algo preocupada. Ese día por la mañana se leyó una mano de cartas para ver qué le deparaba el destino por aquellos tiempos, y sus cartas le pronosticaban aprovechar al máximo el tiempo con Rafa y sus amigos, puesto que los rumbos de todos se separarían en no mucho tiempo.

Agueda, quien disfrutaba tanto al lado de Rafa y sus amigos como nunca, sentía un enorme temor de perder a aquel grupo que se volvió tan querido. Ella nunca supo lo que era tener una familia con numerosos hermanos, criada sola por su abuelo, experimentaba ahora con el grupo una de las mejores épocas de su vida. Sería muy doloroso que el destino se llevara a cada uno por distinto rumbo.

Oliver estaba ahora mucho más tranquilo. Nadie sabía (Aunque Agueda lo sospechaba) que él y Plinio formalizaron recientemente una profunda relación, y que tenían pensado irse juntos a Paris.

Al parecer Oliver comprendió en algún momento la importancia del respeto hacia los amigos de Plinio, quienes también acabaron siendo sus amigos. Como David el perro, Oliver se domesticaba poco a poco bajo el afecto y la amistad que le proporcionaba el grupo. En el colegio jesuita, si algo bueno le enseñaron a Rafa, a Plinio y Abdul los curas, era a cultivar el valor de una verdadera amistad, una joya rara en tiempos como estos donde la mayoría de las relaciones humanas eran de índole utilitarista. Esto le hizo mucho bien a Oliver. Definitivamente la sensación de pertenencia hacia cualquier grupo puede operar milagros en los individuos, e inclinarlos a lograr cosas que no conseguirían en la soledad y el aislamiento.

Oliver ahora se sentía también parte de este grupo de amigos y aceptado completamente por ellos. Como compensación hacia Abdul y Rafa a quienes lastimo hace tiempo, les regalo todo un disco repleto con más de cien álbumes extraídos de la Internet en formato mp3, que contenían música de varios grupos que a ellos tanto fascinaba. Con Agueda sintió al igual que Plinio una total identificación, gracias a la aceptación absoluta de los demás que practicaba eternamente la bruja, y que la hacía convertirse en un imán para las otras personas, quienes inmediatamente eran cautivados por el encanto de su carácter, su inteligencia y linduras.

A la hora del concierto el ritmo de la batería los atrapo, una guitarra estridente y suave a su vez acabo creando un trance colectivo en el público. Plinio, Agueda y Oliver comenzaron a brincar y bailar, y aunque Rafa y Abdul, mucho más serios permanecían cerca de ellos quietos y recargados en un muro, también disfrutaban de la música.

Agueda bailaba y se veía hermosísima, como poseída por un frenético espíritu femenino agitado bajo el influjo de la música punk. Se acerco hacia Rafa contoneándose sensual y encantadora, sin dejar de bailotear en ningún momento, con enorme gracia y lo beso en la boca. Abdul que los veía ansiaba también encontrar pronto un amor como el que la bruja y su amigo compartían, nunca hasta ahora tuvo una novia y ya se moría de ganas de saber lo que era eso.

Por su parte, Oliver y Plinio seguían bailando. Llegaron a un acuerdo implícito de no hacer manifestaciones públicas de su afecto.

En poco más de un mes se irían del país, ya tenían listas sus visas y pasaporte. No obstante Plinio experimentaba cierta inquietud pues tendría que hablar con su padre y decirle que se iría a vivir a Francia con Oliver, quien por cierto no caía del todo bien a don Baruqui. Así mismo le inquietaba desde hace tiempo el deseo de revelar a su padre, a su hermano y a Rafa la verdadera naturaleza de su orientación sexual, y la relación que mantenía con Oliver.

Plinio miro hacia Rafa y Agueda, quienes después de besarse se separaron para que la bruja siguiera bailando al ritmo del concierto y luego se dirigió hacia su amigo. También con suma gracia, Plinio se acerco bailando hacia Rafa y hacia Abdul y los abrazó mostrándoles un inmenso cariño:

"¡¡¡¡¡LOS QUIERO MUCHÍSIMO CANIJOS…!!!!!

Les grito para que su voz no fuera apagada por los guitarrazos. Luego volvió a agregar.

"¡¡¡Después tenemos qué hablar, tengo que contarles algo!!!"

Rafa también sospechaba desde hace unos meses que algún vínculo profundo unía a Plinio y a Oliver. Todo el mundo le decía que Plinio era homosexual. Rafael se detenía una que otra vez a pensar lo que sucedería si su amigo fuera gay, si la amistad continuaría de la misma manera y si podría él seguirse relacionando con su amigo de la misma forma que hasta ahora. Pero en lo más profundo sabía que el aprecio por Plinio no se vería afectado en lo más mínimo.

Cuando todavía abrazándose Rafa y Plinio se miraron, los ojos del libanés parecían querer decir algo más. Entonces Rafael le dijo a su amigo:

"Yo siempre te querré….. a mi me puedes contar lo que sea, lo que sea…."

Termino de decir.

"Me da mucho gusto saber eso…."

Finalizó Plinio.

Y luego se separaron para continuar disfrutando del concierto.

10

Ese concierto fue la última vez que salieron los cinco juntos. En las siguientes tres semanas se suscitaron cambios que los estremecieron a todos y que cumplirían con el vaticinio que le predijeron sus cartas a la bruja. Don Conrado recibió el mandato por parte de Mr. Orourke de que tendrían que irse para los Estados Unidos al estado de California, porque al parecer una comunidad de inmigrantes centroamericanos y mexicanos requería con urgencia los servicios sanitarios del brujo. Según Mr. Orourke se necesitaba practicar un exorcismo por esos rumbos lejanos y curar a muchos inmigrantes que carecían de los servicios de salud pública en el país del norte. Por lo general el gringo no se equivocaba nunca.

Agueda estuvo muy triste al pensar en separarse de Rafa y sus amigos. Su abuelo comenzaba a estar cada vez más cansado, y Mr. Orourke indicó que cuando le llegara a Don Conrado su hora de marcharse de este mundo, su nieta tendría que continuar aplicando el Poder para continuar aliviando las almas de los desamparados.

Ella sabía que por lo menos en poco tiempo tendría que irse lejos de Rafa y de los amigos durante un lapso indefinido, tal vez varios años. Pero por lo pronto aprovecharían al máximo aunque sea unos cuantos días.

Mr..Orourke en voz de Don Conrado pidió a Agueda que fuera hasta San Cristóbal de las Casas, en el estado de Chiapas a recoger unos talismanes y una cruz indígena para realizar el exorcismo. En el fondo esto significaba un viaje iniciático y una prueba para la chica, quien en los próximos años continuaría aplicando el Poder y el contacto con Mr. Orourke.

Agueda invitó a Rafa a que la acompañara y éste más que pedirle permiso a su mamá, simplemente le avisó que se iría con Agueda un par de semanas de viaje hasta Chiapas.

San Cristóbal estaba por lo menos a unas treinta horas en autobús desde la ciudad en que vivían ellos, así que sería un viaje largo y agotador que realizarían solos. Beatriz tuvo que ceder cada vez más en el último año ante las salidas y las escapadas cada vez más frecuentes de Rafa. Después de una no muy larga discusión acabo dejándole ir con la recomendación de que se portaran bien, sabiendo solamente ella lo que significaban estas palabras oscuras.

Abdul conoció a una chica que también iba a comprar peces una vez a la semana al acuario y comenzó a verse con ella para charlar e ir al cine. Pronto su atención fue acaparada en totalidad por la nueva amiga y los del grupo tuvieron menos tiempo para verse.

Por su parte Plinio causó un revuelo emocional en su padre cuando le confeso su verdadera orientación sexual y que se iría con Oliver a Francia en unas semanas. Don Baruqui lo único que dijo fue simplemente que no quería que se volviera a tocar el tema de la homosexualidad nunca más:

"Yo te quiero mucho hijo... Pero que no se vuelva a hablar de esto jamás...."

Y luego el viejo libanés se quedó muy triste, principalmente al saber que su primogénito se marcharía muy lejos, más que por haber conocido un secreto que en cierto modo él sospechaba y que no alteraba en lo absoluto el amor que sentía por el muchacho.

Por otro lado Rafa adoptó a la perra Malinche con todo y sus dos cachorros, y los tenía viviendo en el patio de su casa a todos junto con David y Sebastián desde hace algunos meses. Beatriz intentó como pudo oponer resistencia y Tomás se reía al ver a Rafa llegar con los dos perritos en los brazos y a la Malinche, simpática y pulguienta siguiéndolo a través de la casa y la preciada sala italiana hasta el patio trasero. Al final todos fueron seducidos por los cachorritos que ya daban agudos ladridos y comenzaban a morderlo todo y a retozar en el enorme patio de la señora.

11

"Rafael quiero que sepas que yo soy gay. No podía seguir siendo tu amigo sin que lo supieras….."

De muchas maneras Rafael ya lo sospechaba, incluso lo sabía de una manera implícita. Los chicos en la escuela, a la que por cierto Plinio dejó de ir meses atrás lo decían; Beatriz lo sugirió también de alguna manera discreta, y Agueda rebeló también sus sospechas desde que lo conoció. Pero Rafael, tal como estaba unido al Baruqui a través de la amistad, la convivencia, deliciosas charlas, idas al cine, conciertos, nunca dio demasiada importancia a esto.

"No es asunto mío lo que él sea, de un modo u otro es uno de mis mejores amigos…"

Pensaba para sí mismo Rafa.

"Eso para mí no tiene la menor importancia, tu eres un gran amigo y eso es lo que me importa…"

Respondió Rafael.

"Yo sabía que me dirías esto… sabía que contaría siempre contigo"

Terminó de decir Plinio sonriente y elevando un poco más el tono de su voz con alivio. Se notaba que la confesión no fue sencilla para el muchacho.

Se quedaron de ver en el cafecito del Centro de la ciudad en el que se reunían con el resto del grupo. Esta vez sólo estaban ellos dos. Plinio habló ya con Don Baruqui y con Abdul. Su padre acabo haciendo como si nada hubiera pasado y tratando de evitar el tema en lo posible, dando el mismo trato de siempre a su hijo aunque un tanto triste por la próxima separación. Abdul sólo respondió con una sonrisa discreta de aceptación, Plinio y él sabían que eso no representaba en lo absoluto un problema para su afectuosa relación. Mejor no podían resolverse las cosas antes de marcharse a Europa, pensaba Plinio.

Plinio sacó luego un disco compacto de su mochila y se lo entregó a Rafa: "*PERRO SAGRADO*" decía la portada. Rafael lo reconoció.

"Es mi primer cortometraje ya editado."

Dijo Plinio.

Para esa primera película de quince minutos de duración colaboraron los cinco amigos, actuando y realizando el montaje entre la casa de Don Conrado y el acuario de los Baruqui. Luego el propio Plinio se quedo casi tres semanas realizando la edición, la mezcla y el sonido. La trama era sobre un chico que vivía sólo y sin padres, y decidió ser artista. La titulo *El Perro Sagrado*, porque mientras la filmaban Agueda les dijo que este año 2006 era el año del perro para las tradiciones indígenas de la medicina y la brujería. El perro representaba para algunos grupos étnicos de México un signo de virilidad, autoafirmación e independencia. En cierto modo el realizar esta película bajo la dirección de Plinio, representaba para el grupo la culminación de un periodo de vida para todos y el inicio de otro. En Rafael el símbolo del *Perro Sagrado* aportaba a su vida la fuerza viril necesaria para ir saliendo cada vez más de su casa, abriéndose a mundos nuevos y separándose de su madre. Era un regalo de Plinio, paradójicamente, un obsequio de masculinidad de parte de un muchacho con su parte femenina sumamente desarrollada.

Hablaron solamente una media hora más. Tenían prisa, Plinio saldría en un vuelo con Oliver a las diez de la noche rumbo a Madrid, y de ahí hasta Paris.

Plinio pagó la cuenta de los dos capuchinos en el café y al salir a la calle se dieron un abrazo de despedida. Luego Plinio comenzó a reírse y sin soltar a Rafa dijo a modo de broma:

"¡Te voy a contagiar lo maricón eh…!"

Ambos se rieron y luego se separaron.

Plinio corrió para alcanzar un autobús que lo llevaría al acuario y Rafa se le quedó mirando conforme se alejaba. Solamente hasta más tarde caería en cuenta de que pasaría demasiado tiempo antes de volver a verlo.

12

Eran cerca de ocho horas en autobús desde su ciudad natal hasta la capital de México. Tomás y Rafael recogieron a la bruja en su casa a las seis de la mañana. Ella estaba muy seria y adormilada todavía cuando subió al carro del matemático para que los llevara a la central. Llovía, constante aunque no intensamente. Ya en la central Rafael le dio un beso en la mejilla a Tomás antes de bajarse del auto, y este metió un puñado de billetes en la chaqueta del chico antes de dejarlo ir:

"Por si acaso…."

Dijo el matemático.

"Gracias señor….."

Se despidió rápidamente la bruja al cerrar la puerta trasera del auto y corrió al andén donde les esperaba su camión.

Después de toda la mañana charlando y riendo a lo largo del trayecto sobre la autopista, llegaron a la Ciudad de México donde transbordarían para tomar el segundo autobús que los llevaría hasta San Cristóbal de las Casas. Mientras esperaban al segundo vehículo comieron un sándwich que preparó Agueda y un jugo de naranja que les mando Beatriz. La central norte de la capital del país le pareció inmensa a Rafael, nada comparado con la de su ciudad que de por sí también era amplia.

Tres horas de espera y subieron a un enorme autobús con rumbo Chiapas. Eran las cinco de la tarde, serían cerca de quince horas más de camino, toda la noche y parte de la mañana.

El resto de la tarde ya en camino al estado de Chiapas Rafa y Agueda la pasaron hablando amenamente en sus asientos, de modo que cuando acordaron ya eran las diez de la noche. Los bosques del centro y sur de México que rodeaban la autopista a

Chiapas y un ambiente húmedo de lluvia daban al trayecto una atmósfera de aventura y eternidad a la vez. Rafa estaba emocionado, nunca llegó tan lejos hacia el sur de su país. Qué hermosos eran los estados de la República Mexicana: el Estado de México con sus paisajes suizos, Puebla boscosa y colorida, Veracruz con su ambiente casi selvático; cuán hermosa y querida era la chica que le acompañaba. Tenía su mano cariñosamente colocada sobre la panza de la bruja que no dejaba de contar anécdotas de cuando era niña con su abuelo, de los lejanos recuerdos de sus padres, de espíritus que secuestraban cuerpos de niños, de las curaciones que realizaba don Conrado, de Mr. Orourke, de los rituales chamánicos de tal grupo étnico en Michoacán.

También tenían como telón de fondo un callado sentimiento de tristeza: Agueda contó a Rafa que en cuanto regresaran a su casa, tendría que preparar con su abuelo y Orourke un viaje por tiempo indefinido para los Estados Unidos. Rafa no dijo nada en un principio: ¿Qué se puede tener pensado para el futuro, en un noviazgo de un chico de casi quince años de edad? ¿Cómo aferrarse o dejar de hacerlo, qué decir o qué callar? ¿Qué promesas hacer o dejar de hacer? No obstante estaba triste. Hubiera querido tener la edad para decirle que no se fuera y que vivieran juntos todavía muchas cosas. Pero el mandato de Mr. Orourke acerca del viaje era palabra y ley sagrada en la vida de la bruja y su abuelo. En cierto modo Rafa sabía que aún tendría que hacer muchas cosas y estudiar mucho antes de poderse independizar completamente. En contraste con él, Plinio era un muchacho mucho más avanzado en cuestiones de su desarrollo e independencia.

Por lo pronto había mucho que disfrutar y seguir aprendiendo. En la oscuridad Rafael se acercó para besarla. Ella le enseñó a ser cada vez menos torpe en sus manifestaciones amorosas. Agueda respondió abrazándolo y tomando una cobija que llevaba para cubrirlos a los dos, de modo que quedaron con los cuerpos tapados y la cara descubierta. Rafa deslizó sus dedos por encima de la blusa que cubría el busto de la chica, y ella como sabía hacerlo, riendo, cogió la mano del muchacho y la metió debajo de su escote hasta que se sintió un pecho tibio y un pezón erecto como un cálido volcán veracruzano.

Agueda se dio cuenta que la miraba una familia de indígenas chiapanecos, ellos no podían observar con exactitud lo que estaban haciendo, aunque probablemente lo imaginaban. La chica se sintió incómoda al tener la mirada gélida de la anciana indígena, una mirada inexpresiva y fría, no acusadora ni mala, pero interrogante, la mirada de un México muy antiguo.

"Me hace sentir rara…." -Le dijo a Rafa.

El muchacho seguía abrazándola.

"¿Como que rara…? ¿Te sientes mal…?" -Le preguntó mientras le acariciaba una pierna.

"No, no mal, al contrario, pero como haciendo travesuras…" -Respondió ella.

Y luego se rieron al mismo tiempo antes de taparse completamente las caras con la cobija. La anciana indígena pareció desconcertada con la risa de los muchachos y se ocupo de lo suyo.

A la mañana siguiente llegarían a Tuxtla Gutiérrez, la capital de estado y luego otras dos horas hasta San Cristóbal de las Casas. Los esperarían dos semanas de extraños encuentros con una curandera Tzeltal amiga de Mr. Orourke, visitas místicas a un templo pagano en San Juan Chamula; extraños brebajes mezclados con alcohol y frutas, conversaciones sobre exorcismos y arcaicos demonios; contemplaciones de limpias, rotamientos de cabeza, divinidades con múltiples ropajes; cascadas inmensas de agua azul y celestial; sortilegios de amor y enfermedad. La apertura de un pueblo acogedor y fascinante; visitas a un mercado indígena: flores de olor penetrante, raros preparados digestivos, perfumes de persistentes aromas salvajes; un templo barroco: Santo Domingo; muchos besos y cálidas noches durmiendo abrazados.

Tercera y última parte:

VOLVER AQUÍ

El que conozca verdaderamente el alma humana estará de acuerdo conmigo si afirmo que ella representa uno de los objetos más oscuros y misteriosos que se ofrecen a nuestra experiencia. Nunca se acaba de aprender en este dominio. En mi actividad practica, casi no pasa un solo día sin que tope con algo nuevo e inesperado.

(CARL GUSTAV JUNG –Psicología y Alquimia)

Hay dos maneras de encarar el hecho de estar vivos. Una es rindiéndose a él, ya sea resignándose a sus demandas o peleando contra ellas. La otra es moldeando lo particular de nuestra situación vital, a fin de hacerlo encajar en nuestras propias configuraciones.

(CARLOS CASTANEDA –El arte de ensoñar)

1

Rafael no ha visitado la casa de Agueda hace dos años desde que se fueran a California. Un impulso nostálgico le hizo tomar el metro desde su casa hasta la zona industrial.

La casa de don Conrado está donde siempre, grande y en una esquina, con su enorme muro tras el cual se encuentra el corral donde el brujo cría sus animales y plantas. Le contaron que los animales son cuidados por los vecinos desde entonces, quienes también riegan las plantas y las flores.

Cuando se da la vuelta para llegar a la puerta, una esperanza se entrevé por la ventana: hay una luz encendida, parece haber alguien.

Durante los primeros seis meses luego de que la chica se marchara con su abuelo estuvieron en contacto por el correo electrónico. Repentinamente ya no recibió mensajes de ella. Un aviso en su correo le indico que la dirección electrónica de ella fue cancelada por falta de uso. Al parecer por alguna razón inexplicable Agueda dejo de revisar su correo hasta que se suspendiera la cuenta. No hubo avisos, ni direcciones, nada. Rafa no tenía manera de localizarla puesto que el trabajo de don Conrado y Mr. Orourke les obligaba a moverse de un condado del sur de los Estados Unidos a otro.

En el último mensaje por correo electrónico de Agueda, Rafael se enteraba que ella asistía cada vez más a su abuelo en las curaciones. Mr. Orourke comenzó a hablar con ella, primero a través de sueños en donde le dejaba extraños presentes y símbolos, luego la voz del gringo se volvió cada vez más clara y constante durante la vigilia. En cierto modo en ese último mensaje ya no era la Agueda que Rafa conocía, parecía una mujer aún más madura y extraña.

Por lo menos esa era la sensación que Rafa tuvo antes de dejar de tener noticias de ella. Lo que no disminuía la intensidad de sus recuerdos y el deseo de verla de nuevo.

De Plinio sabe algunas cuantas cosas aisladas por medio de Abdul, quien tampoco sabe demasiado. Estuvo trabajando en París con Oliver en el restaurante de sus familiares hasta que el carácter impredecible de éste le hiciera terminar con él definitivamente, después de una escena en que casi se liaban a golpes en el negocio frente a los clientes y los tíos de Oliver.

Plinio según algunos mensajes aislados a través de mail o por voz de Abdul se fue luego a vivir a un edificio habitado por brasileños, africanos y portugueses en un suburbio de París. Muy pronto dominó el francés hasta lograr una absoluta competencia, y se dedicaba por propia cuenta a servir de guía turístico mostrando la ciudad a extranjeros hablantes de español e inglés, lengua que le enseñó don Baruqui a hablar y escribir desde pequeño. En compañía de amigos africanos y brasileños comenzó a hablar y entender un poco de portugués, continuaba escribiendo cuentos y guiones cinematográficos que enviaba a las agencias cinematográficas con la esperanza de que las aceptaran, así mismo también aprendió de estas gentes a dibujar, pintar y fumar marihuana.

En México todos sabían que estaba muy ocupado y muy creativo, hasta que recientemente se enterara don Baruqui que lo detuvieron cerca de una de las estaciones del metro, portando unos grabados de William Blake que él mismo falsificó y que más de algún turista incauto le compró ya por buenas sumas de euros. Don Baruqui se fue para Francia pero no pudo hacer nada, pues la falsificación de arte era castigada con por lo menos un año y medio de cárcel. Desde entonces estaba el joven libanés en prisión, dedicado a pintar y escribir cuentos y guiones.

"Por lo menos está estudiando dibujo técnico en el reclusorio"

Le dijo tristemente alguna vez don Baruqui a Rafa en una visita al acuario.

La puerta de la casa de don Conrado produce un ronco sonido bajo el latón cuando Rafa da tres golpes sobre ella. Como la primera vez que la llamó por teléfono para preguntarle por los gatos hace tres años, su corazón es un carrusel fuera de control a punto de trastornarse por la emoción. ¿Estará ella de nuevo aquí o será don Conrado o algún vecino? ¿Si ya esta en México porqué no se ha comunicado con él? Lo asaltan las preguntas.

La puerta se abre.

Un hombre con el cabello rapado al estilo militar es quien está tras la puerta.

"Hola, adelante...." -Dice el hombre con un español impregnado por el acento inglés.

"Pasa, toma un asiento, enseguida estará listo el café...." -Vuelve a decir el hombre quien parece saber quien es Rafa.

Su piel es muy blanca, casi transparente, la cara perfectamente rasurada. Lleva unos gruesos anteojos de fondo de botella con armazón de mica negra. Son los anteojos de un intelectual norteamericano. Pero es aún joven para ser profesor, tal vez no tenga más de treinta o treinta y dos años. El cabello casi a rapa por otro lado le hace parecer un *marin* estadounidense, aunque lleva unos pantalones caqui y unas cómodas zapatillas de meter el pié que hacen dudosa su pertenencia al ejércto.

"Yo sabía que te conocería algún día, ella me ha dicho muchas cosas de ti..."

Agrega el gringo

"¿Donde está ella...?"

Pregunta por fin Rafael.

"Ah no te preocupes por la chica, ella está muy bien, en poco tiempo volverás a verla..."

"¿Pero porqué no se comunicó conmigo, hace más de un año que no sé nada...?

"Ha habido muchos cambios en ella, tú también debes haber cambiado mucho... Por ahora han estado las cosas muy difíciles en mi país: como te habrás enterado, hay un bloqueo muy duro en la frontera, mucha vigilancia, mucha agresividad. Bastantes personas de Centro América y México sufren queriendo ingresar a mi país, otros más mueren de hambre o a manos de los guardias fronterizos. Tenemos mucho trabajo aún. Pero pronto volverá…"

Rafael no puede frenar su curiosidad:

"¿Eres tú el gringo que ayuda a su abuelo a curar a las personas? ¿Eres una especie de ángel de la guarda?"

"Yo no soy más que un mensajero, o más bien un vigía. Trabajo para una entidad más poderosa que yo y que envía mensajes a los seres humanos."

"¿Dios…?"

"¡No hombre, no tan poderosa…! Digamos que mi jefe todavía tiene que dar cuentas a otra entidad aún más poderosa, y su jefe a su vez sirve a otra de una jerarquía mayor, y así sucesivamente hasta llegar a Dios"

"¿Como una empresa con gerentes y subgerentes…?"

"No podría encontrar yo una comparación mejor. Así funcionan mejor todas las empresas ¿no?, cuando se delegan funciones. El jefe no puede andar haciéndolo todo por sí mismo. Por eso yo no soy mas que un modesto mensajero."

El hombre extrae de su chaqueta una caja de cigarros sin filtro, enciende uno y comienza a darle unos sorbos que aparenta disfrutar demasiado. Luego se desplaza arrastrando sus zapatillas hasta la cocina y vuelve con dos tazas de café humeantes. Sobre la mesa de la sala hay varias pilas de libros que al parecer el norteamericano ha estado revisando. Rafa echa rápidamente un ojo y descubre *Crimen y Castigo* de Dostoievsky.

"Uno no deja nunca de seguir aprendiendo cosas…"

Dice el gringo afablemente refiriéndose a los libros y dando a entender que está leyéndolos todos. Da una taza de café a Rafa quedándose con la suya y vuelve a sentarse para tomar su cigarro encendido aún del cenicero y continuar fumando.

"¿Y tú a qué te dedicas…?"

Pregunta el hombre mientras arroja lenta y pausadamente el humo por la nariz, como si el tabaco fuera uno de los placeres más inmensos de la vida.

"Termino la preparatoria y luego iré a ir a la universidad."

Responde Rafa.

"¿Y qué quieres estudiar en la universidad?"

Vuelve a interrogar el gringo antes de beber de su taza.

"Todavía no estoy muy seguro, tal vez veterinaria, pero también me gusta mucho el periodismo. Me gustan las dos carreras…"

"No son incompatibles ambas profesiones… Yo te recomendaría comenzar a trabajar en el periodismo por propia cuenta e ir a la universidad para adquirir una buena formación en ciencias. La biología y la medicina veterinaria pueden darte buenas herramientas. Las ciencias naturales le dan al pensamiento disciplina y comprensión global de las cosas. Tu trabajo como periodista puede enriquecerse con una buena formación científica."

"Es muy buena idea, no lo había visto de esa manera…"

Dice tímidamente Rafa."

"Te voy a cobrar unos buenos dólares por la orientación vocacional" Agrega el norteamericano conteniendo la risa.

Rafael se queda callado y se le pone algo rojo el semblante, como apenado.

"No te preocupes hombre, sólo estoy bromeándote…"

Agrega el gringo riéndose.

Cuando menos acuerda Rafael, ha pasado más de una hora conversando con el hombre. Entonces considera que no hay más que decir. El saber que Agueda se encuentra demasiado atareada ayudando a su abuelo en los Estados Unidos y preparándose para sustituirlo algún día le proporciona por lo menos una cierta tranquilidad. Aunque no calma su nostalgia ni sus ganas de verla.

"Muchas gracias por el café, yo me tengo que ir, me dio gusto conocerlo…"

Dice Rafa y luego se pone de pié.

"Ya ves que sí hago bien mi trabajo: ni siquiera te diste cuenta que estaba yo aquí esperándote nada más para darte un mensaje de parte de ella: que ella está bien, que pronto vendrá a verte y que ya no te preocupes. Hasta te llego a través de mi un mensaje divino sobre tu orientación vocacional ¿No?…" Termina de decir el gringo con un tono orgulloso pero sin llegar a la presunción.

"Gracias, me da mucho gusto saber que pronto vendrá…"

"A mí me dio mucho gusto también conocerte…"

Y el hombre le ofrece su mano pálida y blanquecina en señal de despedida.

Rafael se va caminando hasta la estación del metro, con una sonrisa impresa en las mejillas. No sabe exactamente cuándo pero muy pronto se encontrará nuevamente con la bruja, hasta tiene ya alguna idea más precisa acerca de qué rumbo seguir en la universidad, puesto que en los últimos días se sintió algo confundido e indeciso acerca de su decisión vocacional.

2

"*GATITOS, preciosos, adopte uno, se los regalo y llevamos a domicilio...*"

Y nuevamente la palabra GATITOS está escrita en diminutivo y con mayúsculas para captar la atención de quien lea el periódico, e intentar seducirlo. No es sólo un anuncio común y corriente. La persona que lo publicó en el aviso de ocasión ha querido denotar su gran preocupación y amor por los animales, buscando contactar con alguien que comparta ese amor y pueda adoptar y saber cuidar a los gatos. No sólo es un anuncio cualquiera, también es un mensaje para que Rafael corra a coger el teléfono a toda prisa y marque el ya conocido número, se sucedan luego los tonos rítmicos de marcación y los latidos violentos de su corazón invadan la línea telefónica hasta saturar el auricular y su oreja. Los tonos de marcación se alargan, parece no haber nadie, de pronto lo inconcebible por tanto tiempo parece por fin suceder como un milagro:

"¿Dígame, quién habla...?"

Dice conocida voz de una amada señorita.

"Quiero adoptar un gato..."

Responde preciso y rápido Rafael.

"Ah muy bien... ¿Y de qué color le gustaría que fuera su gato señor? Tenemos unos blancos, una gatita negra muy bonita y uno color pardo..."

"Esta vez desearía que fueran dos si es posible, la gatita negra y el pardo, ¿podría quedarme con los dos gatos?"

Pregunta Rafa.

Y la voz de la bruja parece reconocer al muchacho, pero ella acepta seguir con el juego:

"No veo ningún problema en que pueda quedarse con dos gatos señor. Pero debo advertirle que los gatitos requieren muchos cuidados y un amplio espacio para jugar y crecer. Y por lo que he oído usted ya tiene otro gato y como diez perros en su casa…"

Dice Agueda con un tono un tanto burlón.

"No presuma de conocer todos los rincones de mi casa, porque aún tengo mucho lugar para criar mascotas y para cuidarlas…"

Dice Rafael casi poético.

"Bueno, bueno…, está bien, ¿Y cuándo podrá usted venir a recoger a sus gatitos…?"

Pregunta la bruja mientras sigue con el juego un tanto burlona.

"¡Debe ser inmediatamente, hay una urgencia muy grande por esos gatos…!"

Señala Rafa ansioso. En realidad le está diciendo en un lenguaje subliminal, oculto en la literalidad de las palabras, que se muere por verla.

"Huy, lo malo es que en este momento precisamente estoy muy ocupada preparando una gelatina…"

"No puede haber plazos, deberá ser en este preciso instante cuando yo vaya por esos gatos… ¿Dónde puedo verla?"

Rafael parece darle una orden.

"¿Estará bien en el Parque de La Madre, en uno que tiene una fuente con una estatua afuera de la estación del metro…?"

Pregunta Agueda aparentando sumisión, con una voz suave y dulce.

"En media hora estaré ahí, es lo que tardaré en llegar en el metro… Por favor no olvide llevar los gatos…"

"Hecho…"

Termina la bruja antes de que cuelguen.

Rafael sale casi corriendo de su casa hacia la estación del metro para abordarlo y transportarse hasta la estación del Parque de La Madre.

Los veinte minutos que tarda en llegar el tren y luego en desplazarse hasta el parque le parecen interminables. Hay alegría y angustia, con miedo a que algo pueda entorpecer el reencuentro y que él o ella no puedan llegar al punto de contacto.

3

Hace setenta años se casaron sus abuelos en un templo que está enfrente de la Estatua de La Madre.

Desde entonces y seguramente desde mucho antes estuvieron ahí el Templo, la Estatua y el parque en ese lugar como espías enmudecidos. Pareciera que después de más de medio siglo Rafael viniera a completar o continuar algo que se inició hace décadas en este mismo lugar, cuando lo eligieron los abuelos maternos para su boda. La consecución de un destino largamente gestado décadas atrás, una profecía por cumplirse, un enigma por resolverse.

Las palomas van a beber del agua que fluye por el pecho de la Estatua, con la cual amamanta a su hijo de roca. La Madre es una masa portadora de vida, una inmensa negación de la que fluye la vida y el agua de la fuente, una afirmación a la que todo volverá a través de la muerte sin remedio.

Rafael sale de la estación subterránea del metro y sube las escaleras rápidamente de dos en dos para apurar su carrera. Da vuelta desde un andén y luego corre sintiendo las pulsaciones violentas de su corazón golpeando su cuello y sus oídos.

La Estatua de la Madre esta ahí expulsando su eterno líquido interminable.

Rafael no puede dejar de caminar tan rápido como le permiten sus piernas hacia la estatua, todo en el parque lo es el agua, la furia, la Madre y enfrente el Templo como un padre contemplándolo todo.

ÍNDICE